한자에 약한 요즘 어른을 위한
최소한의 한자 어휘

【 한자에 약한 요즘 어른을 위한 】

최소한의
한자 어휘

권승호 지음

KOREA.COM

한자 세대가 아닌 요즘 어른을 위한
재미있는 한자 어휘 수업

'재미있게 공부하여 효율성을 높인다.' 공부가 재미있다니, 그야말로 딴 세상 이야기로 들릴 수 있겠지만 제가 한자어 풀이에 관심을 가지면서 들었던 감정이 바로 '재미'였습니다. '분홍색'이 참 예쁘지요? '홍색'이 붉은색인 것은 잘 알지만 '분'은 어떤 의미일까요? '가루'라는 뜻입니다. 붉은색 열매를 가루로 만들면 어떻게 될까요? 옅어집니다. 그러니까 '분홍'은 옅어진 붉은색이라는 뜻인 것이죠. '연분홍'은 또 뭐냐고요? '연'은 '연할 연'입니다. 연한 분홍색, 그러니까 분홍색보다 연한 색이 '연분홍'입니다. 연두색, 연녹색, 연초록, 연갈색 등에서의 '연'도 '연할 연'이고요. 모두 원래의 색보다 연하다는 뜻이랍니다.

"저는 한자 세대가 아니어서요."

네, 맞습니다. 제가 어릴 적만 해도 신문에 한자가 빼곡했는데, 이제는 그런 장면을 보기 어렵지요. 한글만으로도 의미 전달에 이상이 없다고요? 그렇긴 하지요. 하지만 분명히 다르답

4

니다. 같은 곳을 여행해도 여행지에 대해 아느냐 모르느냐에 따라 여행의 맛이 다르듯이 한자어의 뜻을 한자로 아느냐 그렇지 않으냐에 따라 의미에 대한 이해가 다르고 사고의 확산과 응용, 활용과 즐거움도 확실하게 다르답니다.

'결제'와 '결재'는 우리가 헷갈리기 쉬운 한자어입니다. 만약 두 단어의 뜻을 아무 생각 없이 암기하면, 정확한 의미를 모르기 때문에 상황에 맞지 않게 쓰는 실수를 할 수 있습니다. 어떻게 하면 쉽게 기억하고 헷갈리지 않을 수 있을까요? '제'는 '건널 제濟'이고 '재'는 '결단할 재裁'라는 사실을 알면 됩니다. 어렵다고요? '제주도濟州島'와 '재판裁判'을 생각하면 헷갈리지 않습니다. 육지에서 '건너간' 고을의 섬이기에 '건널 제濟' '고을 주州' '섬 도島'의 '제주도'이고, 판단을 '결단'하는 일이기에 '결단할 재裁' '판단할 판判'의 '재판'입니다. 돈을 건너가게 하는 일은 '결제', 실무자가 제출한 안건을 상사가 허가하거나 승인하는 일은 '결재'라는 사실, 쉽고 재미있지 않나요?

대화할 때, 토론하거나 토의할 때, 뉴스 기사를 볼 때는 물론 간단한 안내문을 볼 때에도 한자어는 전체 표현의 최소 70%는 됩니다. 소통을 잘하기 위해서도, 새로운 지식을 받아들이기 위해서도, 자기 의사를 전달하기 위해서도, 일의 효율을 높이기 위해서도 한자어에 대한 정확한 지식은 필요합니다. 구구단을 몰라도 살아갈 수 있지만 아는 것과 모르는 것의 차이가 삶의 질에 적잖은 영향을 주는 것처럼, 한자를 몰라도 생활에 지장이 없을 수 있지만 삶의 질에는 큰 차이가 있습니다. 제가 "한자는 구구단이다"라고 외쳐온 이유입니다.

무슨 일에서든 기초가 중요한데 공부뿐 아니라 일상 생활, 직장 생활에서도 어휘가 기초입니다. 어휘력이 없으면 문장의 의미를 정확하게 알지 못하고, 글쓴이의 의도를 이해하지 못해 지식도 지혜도 쌓기 어렵습니다. 올바른 판단을 하기도 어렵지요.

모르는 어휘를 만나면 사전을 펼치는 것이 좋습니다. 하지만 매번 사전을 펼치기는 쉽지 않지요. 스마트폰에 검색엔진 플랫폼이 상시 대기 중이지만 검색할 시간조차 부족한 현실이니까요. 이 책을 집필한 이유입니다. 일상에서, 일터에서, 각종 미디어에서 자주 접하지만 혼동하기 쉬운 어휘들을 글자대로의 뜻으로 풀이해 놓은 이 책을 읽게 되면 '아하!'라는 감탄사가 나올 것입니다.

읽을 때 재미있고 읽은 후에 기쁨이 남게 되면 좋겠습니다. 이 책으로 힌트를 얻어서 또 다른 단어를 분석하고 음미할 수 있게 되면 좋겠습니다. 글 읽는 일이, 대화하는 일이, 새로운 지식과 정보를 만나는 일이 재미있는 일이 되면 좋겠습니다. 시야가 넓어지고 깊어지기를, 생각이 아름다워지고 부드러워지기를 기대하고 응원합니다.

— 저자 권승호

《차례》

들어가는글 한자 세대가 아닌 요즘 어른을 위한
재미있는 한자 어휘 수업 ···4

두 번째 수업

못 알아들으면 곤란한 직장인 한자 어휘   ···**59**

세 번째 수업
뉴스에서 자주 보지만 어려운 시사 한자 어휘 ···109

네 번째 수업

비슷해 보이지만 혼동하기 쉬운 한자 어휘   ···173

다섯 번째 수업

건강도 챙기고 스포츠도 이해하는 한자 어휘 ···229

여섯 번째 수업
'유식해' 소리까지 들을 수 있는 한자 성어 ···287

*한자어의 뜻풀이는 표준국어대사전을 참고하였습니다.

첫 번째 수업

오해했다간 부끄러워질 일상 한자 어휘

회의 후 중식 제공?
나 중국 음식 싫은데...

양성 반응과 양성 종양의
양성이 다르다고?

"자라 보고 놀란 가슴 솥뚜껑 보고 놀란다"고 했던가? 집으로 배달된 건강검진 결과지에 '양성 종양'이라 쓰여 있었단다. 병원은 이미 문을 닫은 상황. 눈물이 흘러내렸고 밥은 먹히지 않았으며 밤새 한숨도 못 잤다고 했다.

다음 날, 출근도 미룬 채 병원에 갔더니 의사 선생님이 이렇게 말씀하셨다.

"양성은 괜찮은 거예요. 크게 문제 될 게 없어요. 악성이 나쁜 것이지."

질병의 감염 여부를 알기 위해 병원체 검사를 받고 나면 양성 반응 혹은 음성 반응이라는 결과를 받는다. 이때의 '양성'은 '나타날 양陽' '성질 성性'으로 적극적이고 활동적인 성질을 일컫는다. 즉, '양성 반응'은 화학적, 생물학적 검사를 한 결과 특정한 반응이 나타나는 일이다. 반대는 '음성 반응'인데, '음성'은 '작을 음陰' '성질 성性'으로 '작거나 없는 성질'이라는 뜻이다. 검사했을 때 피검체가 반응을 보이지 않거나 일정 기준 이하의 반응을 나타냈음을 이른다. '양성 반응'은 감염되었다는 뜻이고 '음성 반응'은 감염되지 않았다는 뜻이 된다.

종양에서의 양성은 다른 뜻이다. 양성 종양은 '좋을 양良' '성질 성性'으로 좋은 성질의 종양이다. 좋은 성질이란 착하고 순한 성질, 또는 어떤 병이 치료되기 쉬운 상태다. '종양'은 '부스럼 종腫' '종기 양瘍'으로 부스럼이나 종기라는 뜻인데, 이를 의학에서는 몸 안의 세포가 자율성을 가지고 과잉으로 발육한 종기나 혹을 일컫는다. '양성 종양'은 발육 속도가 느리고 성장에 한계가 있으며 생체 조직으로 침입하지 않고, 전이도 일으키지 않는다. 물론 양성 종양이라고 대수롭지 않게 여겨서는 안 된다. 건강에 해로울 수 있고 악성 종양으로 변할 수 있어 반드시 의사의 진찰을 받아야 한다.

우리가 두려워해야 할 것은 '악할 악惡'의 '악성 종양惡性腫瘍'

이다. 이는 무제한의 세포 분열로 증식력이 매우 강하고 주위의 조직을 파괴하거나 몸 전체에 퍼져서 치명적인 해를 주기 때문이다. 우리가 '암癌'이라 부르는 것이 '악성 종양'이다.

'양성陽性 반응'의 반대는 '음성陰性 반응'이고 '양성良性 종양'의 반대는 '악성惡性 종양'이라는 사실이 중요하다. '좋을 양良'은 양심良心, 우량優良, 개량改良, 불량不良 등에도 쓰인다.

문해력 UP

양성(良좋을 양, **性**성질 성): 어떤 병의 낫기 쉬운 상태나 성질. / 반대말: 악성惡性

양성(陽나타날 양, **性**성질 성): 병을 진단하기 위하여 화학적·생물학적 검사를 한 결과 특정한 반응이 나타나는 일. / 반대말: 음성陰性

교사가 선생님이 아니라
학교 건물이라고?

중학교 입학식 다음 날, 선생님께서 청소 구역을 정해 주셨는데 내 담당은 '교사 주변'이라고 했다.

"교사 주변이라고? 선생님 주변? 선생님을 쫓아다니면서 청소하라는 거야?"

내 혼잣말을 들은 짝꿍이 조용히 답했다.

"선생님 주변이 아니고 학교 건물 주변이야."

학교 건물을 '교사'라 한다니, 하마터면 청소 시간마다 선생님 주변을 맴돌 뻔했다.

초등생 아들과 함께 정읍에 갔을 때의 일이다. 정읍 시청 옆을 지나가는데 아들이 말했다.

"아빠! 시청 옆에도 절이 있네요! 절은 산에만 있는 것 아닌 가요?"

아들은 '충렬사'라는 현판을 가리키고 있었다. '사'로 끝나는 3음절의 말은 사찰寺刹 이름이라고 생각한 것이다.

'절 사寺'도 있지만 '사당 사祠' '집 사舍'도 있다. 불국사佛國寺, 금산사金山寺, 송광사松廣寺, 해인사海印寺, 봉은사奉恩寺, 범어사 梵魚寺, 수덕사修德寺 등에서의 '사'는 '절 사寺'다.

그런데 아산의 현충사顯忠祠, 정읍의 충렬사忠烈祠, 홍성의 기봉사奇峰祠, 낙성대의 안국사安國祠에서의 '사'는 '사당 사祠'다. 사당이 뭐냐고? '제사지낼 사祠' '집 당堂'으로 제사 지내는 집이 라는 뜻인데 이순신 장군, 최영 장군, 강감찬 장군 등 훌륭한 사 람을 추모하고 제사 지내는 집을 가리킨다.

학교나 공장 같은 곳에 딸려 있어 구성원들이 먹고 잘 수 있 도록 마련한 집인 기숙사寄宿舍, 관청의 건물인 청사廳舍, 관청 에서 관리에게 빌려주기 위해 지은 집인 관사官舍, 학교 건물인 교사校舍, 역으로 쓰이는 건물인 역사驛舍, 가축을 기르기 위해 지은 건물인 축사畜舍에서의 '사'는 모두 '집 사舍'다.

현판에 쓰인 '사'는 '절 사寺'일 수도, '집 사舍'일 수도, '사당

사祠'일 수도 있다. '현판'이 뭐냐고? '매달 현懸' '널빤지 판板'으로 매달아 놓은 널빤지라는 뜻이다. 글씨나 그림을 새겨 문 위나 벽에 다는 널조각인데, 보통 절이나 누각, 사당, 정자 등의 문 위나 처마 아래에 걸어 놓는다. '현수막', '현상금', '현안', '현수교'에서도 '매달 현懸'을 쓴다. 매달아 드리운 막이기에 현수막懸垂幕이고, 상금으로 매달아 놓은 돈이기에 현상금懸賞金이다. 매달려 있는(급한) 안건이기에 현안懸案이고, 매달아 놓은 다리이기에 현수교懸垂橋다.

문해력 UP

교사(教가르칠 교, 師스승 사): 일정한 자격을 가지고 학생을 가르치는 사람.

교사(校학교 교, 舍집 사): 학교의 건물.

신라면을 먹지 않았던 이유가
신 때문이었다고?

어린 딸아이와 마트에 장을 보러 갔을 때의 일이다. 신라면을 카트에 담자 아이가 사지 말라고 했다. 아직 어려서 매운맛이 싫은가 했는데, 아이가 말했다.

"신맛이 좋으면 레몬을 사."

아, 신라면의 '신'을 신맛으로 이해했구나!

이상한 향이 나는 식재료라서 향신료인 줄 알았는데 아니었다. '향기 향香'에 '매울 신辛'이었다. 향기가 있거나 매운맛이 있는 재료여서 향신료香辛料다. 음식물에 향기와 매운맛을 더하는 고추, 후추, 마늘, 파, 깨, 겨자 등을 이른다. 천 번 매운맛을 보고 만 번 쓴맛을 본다는 뜻으로, 고생이 많고 애를 쓴다는 말인 '천신만고千辛萬苦'에도 '매울 신辛'이 들어간다. "신랄하게 비판하였다"라고 할 때의 '신랄'도 '매울 신辛' '매울 랄辣'이다.

"신승을 거두었다." 여기서 '신승'은 '매울 신辛' '이길 승勝'으로 매운맛을 보면서 이겼다는 뜻이다. 땀을 흘리면서 가까스로 힘들게 이겼을 때 쓴다. '진땀승'이라고도 한다. 반대말은 무엇일까? '즐거울 낙樂'을 쓴 '낙승'이다. 낙승은 힘들이지 않고 쉽게, 즐겁게 이겼을 때 쓰는 표현이다. '완승'은? '완전할 완完' '이길 승勝'이니까 완전하게 이겼다는 뜻이다. 경기 초반부터 100% 예견될 만큼 압도적인 승리를 이른다.

"박빙의 승리" "박빙의 시소게임"이라는 말에서의 '박빙'은 '엷을 박薄' '얼음 빙氷'으로 얇은 얼음, 살얼음이라는 뜻인데 매우 근소하다는 의미로 많이 쓰인다. 어떤 승부나 경기에서 서로의 실력이 팽팽하여 어느 쪽도 마음 놓을 수 없는 상태일 때 쓰는 표현이다. "예측할 수 없는 박빙 승부" "A 후보가 박빙의 우위를 지켜가고 있다"처럼 쓰인다.

"입립개신고粒粒皆辛苦"라는 말이 있다. '낟알 입粒' '모두 개皆' '매울 신辛' '쓸 고苦'로 낟알 하나하나가 모두 매운맛과 쓴맛을 본 결과라는 뜻이다. 곡식의 낟알 하나하나가 모두 농부의 고생

으로 이루어졌다는 이야기다. 음식이 넘쳐나는 시대지만, '입
립개신고'라는 말을 떠올리며 농부의 수고로움을 기억하고 곡
식을 소중하게 생각해 보자.

문해력 UP

향신료(香향기 향, 辛매울 신, 料재료 료): 음식에 맵거나 향기로운 맛을
더하는 조미료.

신랄(辛매울 신, 辣매울 랄): 몹시 맵고 매움. 사물의 분석이나 비평
따위가 매우 날카롭고 예리함.

신승(辛매울 신, 勝이길 승): 경기 따위에서 힘들게 겨우 이김.

금일에 할 일을
익일로 미루지 말자

 팀원들 간의 소통에 대한 중요성을 느낀 팀장은 오전 회의 후 이렇게 공지했다.

"해당 의견은 금일까지 접수합니다."

분명 공지했는데 회신한 사람이 반밖에 되지 않는다. 다음 날 아침, 팀원들에게 물으니 오히려 반문했다.

"금요일까지 아니었어요?"

한두 명도 아니고 이렇게 많은 친구가 모를 줄이야.

'금일'을 왜 '금요일'로 잘못 이해하였을까? '금일'에 '금'이 '이제 금今'이라는 것만 알았더라도 금세 이해했을 것이다. '지금' '방금' '금방' '금주' '금년' '금번'이 무슨 뜻인지 알면서도,

앞에 나열된 단어의 '금'이 '이제 금今'임을 모르는 경우가 많다. '이제 금今'을 안다면 '금시초문今始初聞' '동서고금東西古今'의 뜻도 쉽게 알 수 있는데 말이다.

"금새 어둑해졌다"가 맞을까, "금세 어둑해졌다"가 맞을까? '금세'가 맞다. 외워도 며칠 지나면 또 헷갈린다고? 이제부터는 헷갈리지 않아도 된다. '금세'는 '금시今時 + 에'가 축약된 말이기 때문이다. '내년' '10년 후' 다음에 붙는 조사가 '에'라는 사실을 안다면 '금새'는 틀리고 '금세'가 맞음을 헷갈리지 않게 된다.

택배가 많아지면서 "익일 도착 예정" "익일 배송 원칙"이라는 말을 자주 듣는다. '익일'은 '이튿날 익翌' '날 일日'로 이튿날, 그 다음 날이라는 뜻이다. 익주翌週, 익월翌月, 익년翌年이라는 말도 있기는 한데 잘 쓰지 않는다. 왜일까? 글쎄, 모든 일이 24시간, 늦어도 3일 안에 끝나는 세상이기 때문인가?

오늘의 바로 다음 날을 지칭할 때는 '내일' 혹은 '명일'이라는 말을 쓴다. '올 래來' '날 일日'의 '내일'은 앞으로 오는 날이라는 뜻이고, '밝을 명明'의 '명일'은 밝아오는 새날이라는 뜻이다. 오늘의 바로 하루 전날을 '작일', 지난해를 '작년'이라 하는데 '어제 작昨'이다. 지지난해는 '다시 재再'를 덧붙여서 재작년이라한다. '작금'이라는 말도 있다. '어제 작昨' '오늘 금今'으로 어제와 오늘이라는 뜻이긴 한데 요즈음이라는 뜻으로 많이 쓰인다. '금명간'은 '오늘 금今' '내일 명明' '사이 간間'으로 오늘이나 내일 사이라는 뜻이다. '곧'이라는 우리말이 음절 수도 적어 더 나을 것 같다.

문해력 UP

금요일(金쇠 금, 曜빛날 요, 日날 일): 월요일을 기준으로 한 주의 다섯째 날.

금일(今이제 금, 日날 일): 지금 지나가고 있는 이날. / 같은말: 오늘

작일(昨어제 작, 日날 일): 오늘의 바로 하루 전날. / 같은말: 어제

명일(明밝을 명, 日날 일): 오늘의 바로 다음 날. / 같은말: 내일

익일(翌이튿날 익, 日날 일): 어느 날 뒤에 오는 날.

사랑하기 때문에
무운을 비는 것?

 입대를 앞둔 한 청년이 인사차 찾아왔다. 그 친구에게 어깨를 토닥이며 격려의 말을 건넸다.

"무운을 빈다."

그랬더니 그 청년이 갑자기 웃음을 터뜨리며 이렇게 말했다.

"선생님, 왜 갑자기 농담을 하세요. 제가 진짜 운이 없길 바라는 건 아니시죠?"

단어 앞에 '무'가 쓰이면 없다는 의미인 경우가 많다. 무료無料, 무의식無意識, 무소속無所屬, 무관심無關心, 무선無線, 무지無知, 무상無償, 무명無名, 무공해無公害, 무죄無罪 등에서 모두 '없을 무無'다.

군인을 지칭할 때는 '군인 무武'를 쓴다. 용맹하다, 굳세다는 뜻으로도 쓰인다. 무신정권, 무기, 무술, 비무장지대, 무협지 등에도 모두 '군인 무武'다.

'무운'에서의 '운'은 행운幸運, 불운不運, 비운悲運 등에서 쓰이는 운수, 운명이라는 뜻이다. 똑같은 '운運'이지만 운동運動, 운임運貨, 운진運轉, 운반運搬, 운송運送에서의 '운'은 움직이다, 운반하다, 돈다는 의미다.

'무운'을 운이 없다, 혹은 운수가 사납다는 뜻으로 오해할 수 있지만, '없을 무無' '운수 운運'의 '무운'은 국어사전에 없다. '군인 무武' '운수 운運'의 '무운'만 있다. 그래서 "장병 여러분의 무운과 건승을 빕니다" "전쟁에 나간 남편의 무운을 비는 아낙네들" 등의 표현에서 '무운'은 운수가 없다는 뜻이 아니라 군인으로서의 운, 또는 싸움에서 이기고 지는 운수라는 뜻임을 이제라도 확실하게 알면 누군가의 인사 혹은 격려를 오해하지는 않을 듯하다.

참고로 무인武人의 반대말은 잘 알다시피 문인文人이다. 무인과 문인을 모두 이르는 말이 양반이다. 문인과 무인 둘을 합쳐서 '둘 양兩'을 쓰는데, 그렇다면 '반'은 무엇일까? 1반, 2반,

3반에서처럼 전체를 구분 지어 나눈다는 의미의 '나눌 반班'
이다. 오늘날에는 공무원을 행정직, 경찰직, 검찰직, 농업직,
교육직, 세무직, 교정직 등으로 분류하고 있지만, 옛날에는
문반文班과 무반武班으로 분류하였다.

문해력 UP

무운(武군인 무, 運운수 운): 무인으로서의 운수.

양반(兩둘 양, 班양반 반): 고려 · 조선 시대에, 지배층을 이루던 신분.

무료는 좋지만
무료함은 싫다고?

"집이지? 영화 볼래? 그때 그 영화 개봉했어."

"아, 무료한데 귀찮기도."

"영화 무료라고? 어디서?"

"아니, 지금 심심하기는 한데 나가기는 귀찮다고."

"아, 근데 왜 무료래!"

"됐어, 안 가!"

무료를 좋아하지 않는 사람은 없다. "공짜라면 양잿물도 먹는다"라는 말처럼 인간은 너나없이 무료를 좋아한다. 그런데 "공짜 점심은 없다"라는 말도 사람들의 공감을 얻고 있다. 세상에 완전한 무료, 완전한 공짜는 별로 없으니까. 인터넷의 동영

상 시청은 무료일까, 무료가 아닐까? 광고 보는 일이 힘들다고 생각하는 사람에게는 무료가 아니지만, 광고도 재미있다고 생각하는 사람에게는 무료라고 볼 수 있지 않을까?

"무료 제공" "무료 시식"에서의 '무료'는 '없을 무無' '요금 료料'로 요금이 없다, 값이나 삯이 필요 없다는 뜻이다. 요금이 있다는 '유료有料'의 반대말이다. '공짜' '무상無償'이라고도 하는데, '무상'의 '상'은 '갚을 상償'이다. 급료를 지급하거나 받거나 하지 않는다는 뜻, 그러니까 무보수라는 뜻으로도 쓰이는데 무료 봉사, 무료 상담원 등이 그 예다. 이때는 '무료'보다 '무급無給'이라는 말을 더 많이 사용한다.

무료는 누구나 좋아하지만, 무료함을 좋아하는 사람은 없다. "무료함을 달래려 책을 읽기 시작했다." "잡담을 나누며 무료한 시간을 보냈다." 여기서 '무료'는 '없을 무無' '즐거울 료聊'로 즐거움이 없다는 뜻이다. 흥미 있는 일이 없어 심심하고 지루할 때 쓰는 표현이다. '무료하다'와 함께 '심심하다'라는 말도 많이 사용한다. 이때의 '심심하다'는 한자어일까? 할 일이 없어 지루하고 따분하다는 의미의 '심심하다'는 순우리말이다.

"심심한 감사의 마음을 전한다." 여기서의 '심심'은 매우 깊고 간절하다는 의미로 '깊을 심深' '심할 심甚'을 쓴 것이다.

"심심 산골짜기에 산다." "심심 산중에 사는 토끼." 여기서의 '심심'은 아주 깊고 깊다는 의미로 '깊을 심深' '깊을 심深'을 쓴다.

문해력 UP

무료(無없을 무, 料요금 료): 요금이 없음. / 반대말: 유료有料

무료(無없을 무, 聊즐거울 료): 흥미 있는 일이 없어 심심하고 지루함.

심심(深깊을 심, 甚심할 심): 마음의 표현 정도가 매우 깊고 간절함.

심심(深깊을 심, 深깊을 심): 깊고 깊다.

심심하다(순우리말): 하는 일이 없어 지루하고 재미가 없다.

십분 이해해서는
정확하게 알 수 없다고?

"그동안 닦은 실력을 십분 발휘해 주기 바란다."

"십 분만 발휘하라고요? 그럼, 나머지 삼십 분은
대충해요?"

"그래, 너의 입장을 십분 이해한다."

"네? 십 분 동안만 이해한다는 건가요?"

선생님의 '십분'과 학생의 '십 분'은 같은 발음이지만 다른
뜻이다. 선생님의 '십분'은 완전히, 아주 충분히, 넉넉히, 잘,
100%라는 뜻이지만, 학생의 '십 분'은 한 시간의 6분의 1이
었다. 어떻게 '십분'이 완전히, 아주 충분히, 넉넉히, 잘, 100%
라는 뜻이 되는 것일까?

'십분'은 '열 십十' '나눌 분分'이다. 열 개로 나누었다는 뜻일까? 아니다. '분分'은 나눈다는 뜻으로 많이 쓰이지만 길이, 무게, 시간, 각도, 넓이, 화폐의 단위로도 쓰인다. '십분'에서 '분'은 10분의 1이라는 의미다. '칠할' '팔할'에서의 '할割'이 10분의 1을 가리키듯 '십분'의 '분分'도 10분의 1을 가리킨다. 그러니까 '십분十分'은 10분의 1이 10개가 있는 것으로, '1'이 된다. 1은 100%니까 '십분'은 완전하고 충분하다는 뜻이다.

'십'은 '10'이라는 뜻과 전부라는 뜻으로 쓰인다. 십일조十一條, 십시일반十匙一飯, 십부제十部制, 십중팔구十中八九, 십진법十進法 등에서의 '십'은 '10'이라는 뜻이다. 사람마다 생김새, 기호, 취미, 생각 등이 제각기 다르다는 '십인십색十人十色'에서의 '십'은 전부라는 뜻이다.

문해력 UP

십분(十열 십, 分나눌 분): 아주 충분히.

십 분(十열 십, 分나눌 분): 10분, 한 시간의 6분의 1.
  (단위로 '분'을 쓸 때는 띄어 쓰는데, 숫자와 어울려 쓸 때는 붙여 쓴다.)

중식으로 중식을 먹었다?

 체험 학습이 있다는 알림을 하기 위해 학교에서 가정으로 가정통신문을 발송했다. 오후에 도착하는 일정이라 혼선을 막고자 "중식 제공"을 표기해서 보냈는데, 몇몇 부모에게서 연락이 왔단다.

"우리 아이는 중국 요리 싫어하는데 도시락 보내도 되나요?"

"한식, 일식도 있는데 왜 중식으로 결정됐나요?"

이 이야기를 전해 듣고 '가운데 중中'과 '중국 중中'의 의미를 헷갈릴 수 있겠다고 이해는 했지만, 안타까운 마음도 들었다.

중국의 '중中'은 '중심中心'이라는 뜻이다. 중국 사람들이 자기 나라를 세계의 중앙에 있는 나라라고 여겨 이렇게 이름 붙인 것이다. 중국인들이 자기 나라를 중화인민공화국中華人民共和國, 또는 중화민국中華民國이라 부르는 이유다.

'중식'이 중국 음식을 가리키기도 하지만 점심 식사를 가리키기도 한다. 중국 음식도 중식中食이고, 점심 식사도 중식中食이다. '中'이 '중국 중'이기도 하고 '가운데 중'이기도 하기 때문이다. '식食'은 물론 '음식 식' '먹을 식'이다. 한국 음식은 한식韓食이고, 일본 음식은 일식日食이며, 중국 음식은 중식中食이다. 미국 음식은 미식美食일까? 미국, 영국, 프랑스 등을 구별하지 않고 합하여서 '서양 양洋'을 써서 양식洋食이라 한다.

아침 식사는 '아침 조朝'를 써서 조식朝食, 점심 식사는 '가운데 중中'을 써서 '중식中食', 저녁 식사는 '저녁 석夕'을 써서 '석식夕食'이라 한다.

'가운데 중中'은 다양한 의미로 많이 쓰인다. 공사 중中, 중년中年, 중단中斷, 중식中食에서는 시간의 가운데라는 의미고, 중용中庸, 중립中立, 중도中道에서는 치우침이 없다는 의미다. 백발백중百發百中, 적중的中, 명중命中에서는 맞힌다는 의미다.

중앙中央, 심중心中, 작중인물作中人物, 중추적中樞的에서는 '속'이라는 의미고, 중독中毒, 중풍中風에서는 맞다는 의미다.

한중일韓中日, 방중訪中, 대중對中, 재중교포在中僑胞에서는 중국이라는 의미다.

문해력 UP

한식(韓한국 한, 食음식 식): 한국 음식

중식(中중국 중, 食음식 식:) 중국 음식

일식(日일본 일, 食음식 식): 일본 음식

조식(朝아침 조, 食밥 식): 아침밥

중식(中가운데 중, 食밥 식): 점심밥

석식(夕저녁 석, 食밥 식): 저녁밥

육지와 이별하면 이륙,
육지에 도착하면 착륙

 오랜만에 친구와 제주도 여행을 가기 위해 비

행기를 탔다. 그런데 문제가 생겼는지 비행기

가 뜰 생각을 안 한다.

"나 너무 피곤해서 조금만 잘게. 그래도 이륙할 땐 나 깨워 줘.

사진 찍을 거야."

한참 후 잠에서 깼는데, 이미 하늘 위였다.

"나 왜 안 깨웠어?"

"아직 도착 안 했잖아. 이따 깨워 달라며."

"아니, 이륙할 때 깨워 달랬잖아. 비행기 뜰 때."

"아, 미안. 착륙이랑 헷갈렸어."

지금이야 헷갈리지 않을 자신 있지만 어려서는 이륙과 착륙이 왜 그리 헷갈렸는지 모르겠다. 비행기가 올라가고 내려오는 것 중 하나는 이륙이고 하나는 착륙이라는 사실은 알겠는데, 오르는 게 이륙인지 내리는 것이 이륙인지는 항상 헷갈렸다. 그래서 나처럼 헷갈릴지 모를 아이들에게 자주 설명해 준다.

"'이별'할 때 '이'고, '도착'할 때 '착'이며, '육지'할 때 '육'이야. 육지랑 '이별'하는 게 이륙, 육지에 '도착'하니까 착륙이다."

'떠날 리離'와 '붙을 착着'을 기억하면 이륙과 착륙을 헷갈리지 않을 수 있다. 도착到着, 선착장船着場, 선착순先着順, 집착執着 등에도 '붙을 착着'이다. 몹시 끌리거나 정이 들어서 지극히 아끼고 사랑함을 애착愛着이라 하는데 사랑하여 붙으려고 한다는 뜻이다.

문해력 UP

이륙(離떠날 이, 陸땅 륙): 비행기 따위가 날기 위하여 땅에서 떠오름.
착륙(着붙을 착, 陸땅 륙): 비행기 따위가 공중에서 활주로나 판판한 곳에 내림.

40

빈 건물 유리창에 임차는 없고
임대만 써 있다고?

친구가 문자로 소식을 보내 왔다.

"효자동에 새로운 건물을 임대해서 음식점을 열었으니 방문해 주시면 고맙겠습니다."

아내에게 문자를 보여 주면서 주말에 함께 가자고 했는데 아내가 조용히 물어왔다.

"'임대'가 아니라 '임차' 아닌가?"

자주 쓰면서도 매번 혼동되는 말 중에 '임대'와 '임차'가 있다. 여기서 '대'가 '빌려줄 대'라는 사실만 알거나, '차'가 '빌릴 차'라는 사실만 알아도 헷갈리지 않을 수 있다.

전세나 월세 계약을 하려면 부동산임대차계약서를 쓰게

된다. 이 계약서에 임대인과 임차인이 나오는데, 이것을 헷갈려하는 사람이 의외로 많다. 임대인은 집주인이고, 임차인은 세입자다.

'임차'와 '임대'는 반대말이다. '차借'가 '빌리다'라는 뜻이라면 자연스럽게 '대貸'는 '빌려준다'는 뜻이다. '임賃'은 세貰 낸다는 뜻이다. 세를 낸다는 건, 돈을 주고 일정 기간 물건이나 집을 빌리는 일이다. 임차인은 돈을 주고 빌려서 사용하는 사람이고, 임대인은 돈을 받고 빌려준 사람이다. 새로운 건물을 빌려서 음식점을 시작한 거니까 "임대賃貸해서"가 아니라 "임차賃借해서"라고 해야 옳다.

정부나 국가 기관에서 외국으로부터 공적으로 돈을 빌려 올 때 "차관借款을 들여왔다"라고 한다. 차용증서借用證書를 쓰고 돈을 빌렸다고도 한다. 어떤 언어의 소리를 그 언어에서 사용하지 않는 다른 문자로 표기하는 일을 소리를 빌렸다는 의미로 '음차音借'라 한다. 모두 '빌릴 차借'다.

"이 자리를 '빌어' 감사의 뜻을 표합니다." 이는 잘못된 표현이다. '빌어'가 아니라 '빌려'가 맞다. 기본형이 '빌리다'로 '빌리+어'가 되고, 축약하면 '빌려'가 된다. '빌다' '빌어'는 간청하다, 호소하다, 바란다는 뜻이다.

문해력 UP

임대(賃세낼 임, 貸빌려줄 대): 돈을 받고 자기의 물건을 남에게 빌려줌.

임차(賃세낼 임, 借빌릴 차): 돈을 내고 남의 물건을 빌려 씀.

사각지대의 사각은
사각형의 사각이 아니라고?

"운전할 때는 항상 사각지대를 조심해라."

"네모 각이 있는 곳을 조심해야 한다고요? 어느 곳을 네모 각이라 하지요?"

"그 말이 아닌데…."

"그럼, 사각사각 소리가 나는 곳을 조심해야 한다는 말인가요?"

"그 말도 아닌데…."

사각지대에 쓰인 '사각'은 '죽을 사死' '모퉁이 각角'이다. 인간의 눈은 모든 것을 다 볼 수 없다. 자신의 뒤통수를 볼 수 없듯 말이다. 어느 각도에서도 보이지 않는 범위가 있는데, 이를 '보이지 않는 구석'이라는 뜻으로 '죽을 사死'를 써서 사각이라고 한다.

'각'은 각도나 뿔이라는 뜻으로 많이 쓰이지만, 여기에서는 모퉁이나 부분이라는 의미다. "빙산의 일각에 불과하다"에 쓰인 '각'도 부분, 모퉁이라는 뜻이다.

'사각지대'는 눈길이 잘 미치지 않는 곳이라는 의미인데, 요즘은 영향권에서 벗어난 일이나 범위를 비유적으로 이르는 말로 더 많이 쓰인다. "복지정책의 사각지대", "의료 사각지대", "인권 사각지대", "경찰 수사의 사각지대"처럼 말이다.

문해력 UP

사각(死죽을 사, 角모퉁이 각): 어느 각도에서도 보이지 아니하는 범위.

사각(四넷 사, 角각 각): 네 개의 각.

유감은 풀어야 할 문제

"이 작품에 대한 너의 유감을 듣고 싶어."

"난 이 작품 마음에 들어. 그래서 유감 없는데?"

"그 유감이 아니고, 이 작품에 대해 네가 느끼는 바를 말해 달라고."

"난 또 불만스러운 점을 말하라는 줄 알았지."

"하아, 진짜 유감이다!"

'있을 유有' '느낄 감感'을 쓴 '유감'은 느끼는 바가 있다는 뜻으로, 어떤 작품에 대한 감상을 물을 때 쓴다. 그런데 우리가 흔히 쓰는 "유감 있다" "유감스럽다"에서의 '유감'은 '남을 유遺' '섭섭할 감憾'으로 섭섭함이 남았다는 뜻이다. 생각한 대로 되지 않아 아쉽거나 못마땅하고 언짢게 여기는 마음이라고 이해하면 된다. "실력을 유감없이 발휘하였다." "심히 유감스럽게 생각한다."

"너 나한테 감정 있어?"에서의 감정도 '섭섭할 감憾'을 쓴 '감정憾情'이다. 이때의 감정은 원망이나 불안 등으로 인하여 언짢아하는 마음이 들었다는 뜻이다.

우리가 가장 흔히 쓰는 '느낄 감感' '뜻 정情'을 쓴 '감정'은 느끼는 뜻이라는 의미다. 어떤 현상이나 일에 대하여 일어나는 마음이나 느끼는 기분을 일컫는다.

'살펴볼 감鑑' '정할 정定'을 쓴 '감정'도 있는데, 이는 살펴서 정한다는 뜻이다. "감정가가 3억이다" "감정가가 예상보다 높게 나왔다"에서처럼 사물의 특성이나 참과 거짓, 좋고 나쁨을 분별하여 판정하는 것이다.

다음 ①②③에 해당하는 단어를 ㉠㉡㉢에서 골라 보자.

> 골동품 ①감정을 의뢰해도 괜찮을까요?
> 어머님은 슬픈 ②감정을 참지 못하고 눈물을 흘리셨다.
> 서로 ③감정을 풀고 화해하면 좋겠다.
>
> ㉠감정(憾情)　　　　㉡감정(感情)　　　　㉢감정(鑑定)

정답은 다음과 같다. ①-㉢, ②-㉡, ③-㉠

문해력 UP

유감(遺남을 유, 憾섭섭할 감): 마음에 차지 아니하여 섭섭하거나
　　불만스럽게 남아 있는 느낌.

유감(有있을 유, 感느낄 감): 느끼는 바가 있음.

감정(憾섭섭할 감, 情뜻 정): 원망하거나 성내는 마음.

감정(感느낄 감, 情뜻 정): 어떤 현상이나 일에 대하여 일어나는
　　마음이나 느끼는 기분.

감정(鑑살펴볼 감, 定정할 정): 사물의 특성이나 참과 거짓, 좋고 나쁨을
　　분별하여 판정함.

불가피, 불가결, 불가분의 불가가
같은 뜻이라고?

"지금 진료 예약되나요?" "불가합니다."

"오후 5시는요?" "가능합니다. 신분증 가지고 오세요."

"신분증이 없는데 꼭 신분증 확인받아야 하나요?"

"확인이 불가피합니다. 진료시 신분 확인은 필수불가결하게 되었

어요."

"그렇군요. 신분 확인을 하려면 신분증 확인은 불가분이겠죠."

불가피, 불가결, 불가분에는 모두 '불가'가 들어 있고 한자까지 같다. 하지만 끝에 '피' '결' '분'이 들어간 각 단어의 의미는 확실하게 다르다.

"취소가 불가피하다." "가격 인상이 불가피하였다." "조사가

불가피하다." 여기서는 '아닐 불不' '가능할 가可' '피할 피避'로 피하는 일이 가능하지 않다는 뜻이다. 피할 수 없거나 어쩔 수 없이 해야만 하는 것을 이르는 말이다. '피할 피避'는 피서避暑, 피임避姙, 피난避難, 피신避身, 피뢰침避雷針, 병역기피兵役忌避 등에도 쓰인다.

"법은 세상을 유지하기 위해 불가결하다." "면역 체계는 생명 유지에 불가결하다." '불가결'은 '아닐 불不' '가능할 가可' '모자랄 결缺'로, 글자 그대로는 모자라는 것이 가능하지 않다는 뜻인데, 실제로는 모자라서는 안 된다는, 혹은 없어서는 안 된다는 의미로 해석하는 것이 좋다. '불가결' 앞에 '필수'를 붙여서 '필수불가결必須不可缺'로 많이 쓰이는데, 꼭 있어야 하며 없어서는 안 될 만큼 중요하다는 뜻이다.

이지러지다, 모자란다는 의미의 '결缺'은 잘못되거나 완전하지 못한 점이라는 '결점缺點', 갖추어져야 할 것이 빠져서 없거나 모자란다는 의미의 '결여缺如', 수입보다 지출이 많아서 생기는 금전상의 손실인 '결손缺損', 수업이나 모임 따위에 참석하지 않는다는 '결석缺席', 일정한 자격을 얻는 데 제한이 되는 사유인 '결격사유缺格事由' 등에도 쓰인다.

"경제와 정치는 불가분의 관계에 있다." "몸과 마음은 불가분의 함수 관계다." '불가不可'에 '나눌 분分'이 더해진 '불가분'은 나누는 것이 가능하지 않다, 나누려 해도 나눌 수 없다는 뜻이다. "사랑과 고통은 불가분하다"라고도 하는데, 사랑의 기쁨을 맛보고 싶다면 고통을 기꺼이 받아들여야 한다는 뜻으로 이해하면 좋을 듯하다.

'불가'만 쓰이기도 하는데 가능하지 않다, 안 된다는 뜻이다. '방송 불가' '전송 불가' '대체 불가' '관람 불가' '재생 불가' '재사용 불가' 등이 그것이다.

문해력 UP

불가(不아닐 불, 可가능할 가): 옳지 않음. 가능하지 않음.

불가피(不아닐 불, 可가능할 가, 避피할 피): 피할 수 없음.

불가결(不아닐 불, 可가능할 가, 缺모자랄 결): 모자라서는 아니 됨.
　　없어서는 아니 됨.

불가분(不아닐 불, 可가능할 가, 分나눌 분): 나눌 수가 없음.

우승했는데 왜 연패라고 해?

"우리 팀 이번에 3연패 했어."

"어휴, 너네 잘하고 있는 줄 알았는데 아니구나."

"잘하니까 3연패나 하지. 뭔 소리야?"

"세 번 연달아 패했다는 말 아니었어?"

인간관계에서 중요한 것 중 하나는 상황에 맞게 반응하는 일이다. 눈물을 보여야 할 때 웃으면 안 되고, 환하게 웃어야 할 때 슬픈 표정을 지어서는 안 된다. "우리 팀이 3연패 했다"는 소식을 들으면 끝까지 말을 듣고 반응해야 한다. 세 번 연속 졌다는 것인지, 세 번 연속 우승했다는 것인지 알 수 없기에, 울어야 할지 웃어야 할지 잘 판단해야 한다.

'이을 연連' '패할 패敗'의 '연패'도 있고, '이을 연連' '으뜸 패霸'
의 '연패'도 있다. '패할 패敗'의 '연패'는 연달아 패배하였다는
뜻이고, '으뜸 패霸'의 '연패'는 연달아 으뜸이 되었다는 뜻이다.

"연패의 늪에 빠졌다" "연패를 당하였다"처럼 부정적인 설명
이 더해지면 '패할 패敗'의 연패고, "3연패를 달성했다" "5연패
라는 대기록을 세웠다"처럼 긍정적인 설명이 더해지면 '으뜸
패霸'의 연패다. 앞뒤 문맥을 따지거나 앞뒤에 나오는 말을 들
어야만 의미를 확실하게 알 수 있게 된다.

올림픽 '우승'도 가능하다 하고 올림픽 '제패'도 가능하다
한다. 우승은 '뛰어날 우優' '이길 승勝'으로 더 나은 실력으로 이
겼다는 뜻이고, 제패는 '제압할 제制' '으뜸 패霸'로 제압하여 으
뜸이 되었다는 뜻이다.

문해력 UP

연패(連이을 연, 敗패할 패): 싸움이나 경기에서 계속하여 짐.
연패(連이을 연, 霸으뜸 패): 운동 경기 따위에서 이어서 으뜸이 됨.

거식증의 '거'는
크다는 뜻이 아니다

"너 거부야? 왜 이렇게 음식을 많이 시켜?"

"쟤 이름값 하는 거야. 대식이잖아. 클 대 먹을 식, 많이 먹는 애."

"거부처럼 다 시키니까 거식이라고 바꿔."

"뭐래, 거식증은 반대 아니야? 밥 못 먹는 병이잖아. 의미가 다를 걸."

"대인이랑 대식이 크다는 의미잖아. 거인이랑 거식은 다른 거야?"

"……."

많은 재산 혹은 그런 큰 재산을 가진 부자를 이르는 '거부'는 '클 거巨' '부유할 부富'를 쓴다. 몸이 큰 사람, 혹은 뛰어난 업적을 쌓은 사람을 이르는 '거인'에서도 '클 거巨'를 쓴다.

거인과 비슷한 말로 몸이 큰 사람, 덕이 높은 사람을 이르는 '대인'에는 '클 대大'를 쓴다. 밥을 보통 사람보다 많이 먹는 사람을 이를 때에도 '클 대'를 써서 '대식가'라고 말한다.

'거식증'에서의 '거拒'는 막다, 거부한다는 의미다. 살이 찌는 것에 대한 강한 두려움으로 먹을 것을 거부하는 병적 증상을 거식증이라고 한다. 거부拒否, 거절拒絶, 거역拒逆에도 모두 거부한다는 의미의 '거拒'를 쓴다.

문해력 UP

거인(巨클 거, 人사람 인): 보통 사람보다 몸이 아주 큰 사람. 말과 행실이 바르고 점잖으며 덕이 높은 사람. 어떤 분야에서 뛰어난 업적을 쌓은 사람.

대인(大클 대, 人사람 인): 몸이 아주 큰 사람. 자라서 어른이 된 사람.

거식증(拒막을 거, 食먹을 식, 症증상 증): 먹는 것을 거부하거나 두려워하는 병적 증상.

대식가(大클 대, 食먹을 식, 家사람 가): 음식을 보통 사람보다 많이 먹는 사람.

왕에게 물건을 바치는 진상이
왜 나쁜 뜻이 됐을까?

"주문하고 나서 계산할 때 돈이나 카드를 던지는 손님이 꼭 있어. 왜 그러는 걸까? 그런 사람 보면 진상같아."

"그런 소소한 태도가 그 사람의 이미지를 만드는 건데, 참 안타깝다."

"근데 진상이 옛날에 왕한테 올리던 귀한 물건이나 지역 산물인 거 알아?"

"에이, 한자가 다르겠지. 귀한 물건을 이르는 말이 예의 없는 사람을 가리키는 말이랑 같다는 게 이상하잖아."

"그런가?"

비속어를 쓰고 폭력을 행사하며 직원을 비하하는 등 눈살을

찌푸리게 하는 손님, 무리한 요구를 하거나 큰소리치면서 예의를 차리지 않는 환자를 우리는 '진상'이라 한다. 그런 행위를 "진상부리다" "진상 떨다" "진상이다"라고 한다. 하는 짓이 너무 비위에 거슬리거나 우스꽝스럽다는 뜻으로 많이 쓰인다.

'진상'은 '나아갈 진進' '위 상上'이다. '진進'은 '진학' '진로' '진출' '진행' '진보' '진화'에서처럼 나아간다는 의미로 많이 쓰이지만 올린다는 의미로도 쓰인다. '진상'에서의 '진進'은 올린다는 뜻이고 '상上'은 윗사람 또는 임금이라는 뜻이다. 조선 시대에 진귀한 물품이나 지방의 토산물 등을 임금이나 고관들에게 바치는 일을 진상이라 했다.

'진상'이 받는 사람에게는 행복이었을지 몰라도 바치는 사람에게는 괴로움이었고, 하고 싶지 않은 일이었다. 괴로움을 주는 나쁜 짓이라는 의미로 쓰이게 된 이유다. 이 뜻이 허름하고 나쁜 물건이라는 의미로 확장되었고, 더 나아가서 상식적이지 않은 사람, 상대하고 싶지 않은 사람, 잘못을 저지르고도 뻔뻔하게 행동하는 사람, 작은 일에 큰소리치면서 소란을 피우는 사람이라는 뜻으로까지 쓰이게 되었다.

"사건의 진상을 알려야 한다." "사건의 진상을 파악하느라 분

주했다." 이때의 '진상'은 '참 진眞' '형상 상相'으로 '사물이나 현상의 참된 모습이나 형편'이라는 뜻이다.

문해력 UP

진상(進나아갈 진, 上위 상): ① 진귀한 물품이나 지방의 토산물 따위를 임금이나 고관에게 바침.
② 겉보기에 허름하고 질이 나쁜 물건을 속되게 이르는 말.

진상(眞참 진, 相형상 상): 사물이나 현상의 거짓 없는 모습이나 내용.

두 번째 수업

못 알아들으면 곤란한
직장인 한자 어휘

풍의서 매일 쓰는데
정작 의미는 모르고 있었네.

결제를 올릴까, 결재를 올릴까?

 카톡! "부장님, 어제 말씀드린 결제 건 확인 부
탁드립니다."

"어? 나 뭐 돈 보낼 거 있어?"

"그게 아니라 제가 어제 드린 보고서 컨펌을 부탁드립니다."

"아, 결재해 달라는 거구나. 알았어요."

'아, 결제랑 결재 만날 헷갈리더니 결국 잘못 보냈네ㅠ'

"결재 서류를 부장님께 올렸다." "결제 서류를 부장님께 올렸다."

"법인 카드로 결재할까요?" "법인 카드로 결제할까요?"

둘 다 '해결할 결決'을 쓰는 것은 알겠는데, '재'를 쓰느냐 '제'
를 쓰느냐가 어렵다고 한다. '재'는 '결정할 재裁'이고, '제'는

'건널 제濟'다.

'재판'을 생각하면 좋다. 판사가 법률에 근거하여 소송에 대한 공권적 판단을 내리는 일이 재판裁判인데, 이때의 '재'와 '결재'의 '재'가 같은 의미다. 결정 권한이 있는 높은 직급의 사람이 낮은 직급의 직원이 제출한 안건에 대해 결단해 주는 일과 재판관이 형량을 결단해 주는 일 모두 결단하다, 마름질한다는 뜻이다. '재판'을 떠올린다면, '결재 서류'에 '재裁'를 쓴다는 사실을 헷갈리지 않을 수 있다.

'결제'는 돈이 다른 사람이나 다른 회사로 건너가도록 하는 일이다. 카드 결제를 하면 내 돈이 가게 주인에게 건너간다. 건넌다는 의미의 글자는 '제濟'다. 제주도를 떠올리자. '재주도'가 아니라 '제주도'임은 누구도 헷갈리지 않는다. 제주도는 '건널 제濟' '고을 주州' '섬 도島'로 바다를 건너야 도달할 수 있는 고을의 섬이라는 뜻이다. 건너가야 하는 고을이기에 '제주도'인 것처럼, 돈을 건너가도록 하는 일이 '결제'인 것이다.

직급이 낮은 사람이 직급이 높은 상사에게 안건을 승인받는 일은 '결재'고, 주어야 할 돈을 건너가도록 하는 일은 '결제'다. '결재'의 '재裁'는 '재판', '독재', '총재', '제재', '재량' 등에 쓰이고, '결제'의 '제濟'는 '제주도' '구제' '경제' '공제조합' '미제 사건' 등에 쓰인다.

재가와 결재가 같은 뜻이라고?

영화 〈서울의 봄〉에는 대통령이 육군 소장 전두광으로부터 계엄사령관 체포 동의안을 재가해 달라는 끈질긴 설득과 강요를 받는 장면이 나온다. 10.26 사건으로 혼란했던 정국을 수습하기 위해 애쓰던 계엄사령관이자 육군 참모총장인 정상호를 체포하기 위해서는 대통령의 재가가 필요했기 때문이었다.

어쩔 수 없이 체포 동의안에 서명하는 대통령은 서명한 바로 그 아래에 날짜와 시간을 적는다. 이 문서가 사전 재가가 아닌 사후 재가임을 알려 불법적인 문서임을 표시하기 위해서였으리라.

결재권을 가진 사람이나 단체가 안건을 허락하여 승인하는

일을 '재가'라 하는데, '결재決裁하여 허가許可하다'의 줄임말이다. "재가를 얻고서 기뻐하였다." "이 사업은 시장님의 재가를 받기 어려울 거야."

'재가'와 '결재'는 어떻게 다를까? 다르지 않다. '결재'도 '해결할 결決' '결정할 재裁'로 해결하기 위해서 결정한다는 뜻이다. 굳이 차이점을 말한다면 '재가'는 주로 대통령을 비롯한 고위직 공무원들 사이에서 사용된다는 점일 뿐.

'비준'도 비슷한 의미를 지닌 말이다. 그런데 '비준'은 국가와 국가 사이의 조약 등에서 주로 쓴다. '비준'은 전권全權을 위임받은 사람이 서명한 국가 간의 조약 등에 대해 대통령 또는 헌법상의 조약 체결권자가 최종적으로 확인하는 절차다. 우리나라에서는 대통령이 국회의 동의를 얻어 행하는 경우가 대부분이다. '비평할 비批' '승인할 준准'으로 잘 살펴보고 비평한 후에 승인하여 준다는 뜻이다.

'재가'의 방법에 서명과 날인이 있는데 '서명'은 뭐고 '날인'은 또 뭘까? 서명은 '쓸 서署' '이름 명名'으로 이름을 쓰는 일이다. 본인 고유의 필체로 자신의 이름을 제삼자가 알아볼 수 있도록 쓰는 일을 말한다. 날인은 '누를 날捺' '도장 인印'으로 도장을 누르는(찍는) 일인데, 지장(무인)을 찍는 것도 포함한다. 옛날엔 날인을 많이 했는데 요즘은 서명을 많이 한다. 서명과 날인을 함께하는 경우도 많다. 사인sign은 연예인이나 스포츠 스타들이 많이 하는데, 이름과 상관없이 본인임을 표시하는 표식을 본인이 직접 쓰는 일이다.

문해력 UP

재가(裁 결정할 재, 可 허락할 가): 안건을 결정하여 허가함.
　　　　/ 비슷한말: 결재 決裁
서명(署 쓸 서, 名 이름 명): 자기의 이름을 씀.
날인(捺 누를 날, 印 도장 인): 도장을 누름(찍음).

상대 회사를 높이는 게 귀사라면
우리 회사는 뭐라 부르지?

"우리 회사에서는 너무 옛날 표현을 많이 써. '귀사의 무한한 발전을 기원합니다'에서 귀사가 상대 회사를 높이는 말인 건 알겠는데, 폐사, 본사, 당사 등등 우리 회사를 말할 때 이상한 말을 많이 써."

"폐사? 자기 회사를 폐사라고 말하는 건 처음 들어. 폐업한 회사 이런 뜻 같잖아."

"그러게. 우리 회사를 겸손하게 낮추는 말이라는데, 뭔가 납작 엎드리는 것 같아서 난 잘 안 쓰게 돼. 단어마다 미묘하게 뉘앙스가 다르게 쓰이는데 잘 모르겠어."

'귀사貴社'는 귀한 회사라는 뜻으로 상대방의 회사나 조직을 높여 부를 때 사용하는 말이다. A이라는 회사 직원이 B라는 회사 직원에게 '귀사'라 함으로써 상대방에 대한 존중과 예의를 나타내는 것이다. '귀貴'는 귀하다, 중요하다, 빼어나다, 존경하다의 의미를 지니고 있는데, 귀사貴社, 귀국貴國, 귀교貴校, 귀댁貴宅에서는 존칭의 접두사다.

'귀사'가 상대방의 회사를 일컫는 말이라면 '폐사', '당사', '자사', '본사'는 자기의 회사를 일컫는 말이다. '폐사'는 상대를 높이는 뜻에서, 말하는 이가 자기 회사를 겸손하게 이르는 말이다. '폐'가 무슨 뜻이냐고? 병폐病弊, 폐해弊害, 폐단弊端, 폐습弊習, 피폐疲弊, 민폐民弊, 적폐積弊에서 알 수 있듯이 부수다, 나쁘다, 지친다는 의미다. 그러면 폐사는 나쁜 회사라는 뜻일까? 그렇다. '못난 아들' '죄 많은 자식'처럼, 자신을 낮춤으로써 상대를 높이는 말이다.

'당사'는 '맡을 당當' 또는 '마땅할 당當'을 쓰는데, 자신이 맡고 있는 회사, 마땅히 일해야 하는 회사라는 뜻이다. '자사自社'는 '자신의 회사' 줄임말이고, '본사本社'는 본인이 일하는 회사라는 뜻이다.

상대방의 회사를 '귀사貴社'라 부르는 것은 괜찮은 듯한데,

자신의 회사를 지칭할 때는 어떤 단어가 적절할까? '폐사弊社'는 지나친 겸손의 의미이기에 적절치 못한 것 같고, 본사本社는 지사支社에 상대하여 이르는 말로 쓰이기도 하니까 오해를 부를 수 있다. 자사는 예의 없다는 인상을 남길 수 있어 '당사當社'가 무난하다는 생각이다. "당사는 귀사의 협업 제안에 대해 긍정적으로 생각하고 있습니다." 이 정도의 표현이 상대를 존중하면서도 자기 회사를 업무의 파트너로서 소개하기 적절해 보인다.

문해력 UP

귀사(貴귀할 귀, 社회사 사): 상대편의 회사를 높여 이르는 말.
　　/ 반대말: 폐사弊社

당사(當맡을 당, 社회사 사): 바로 그 회사. 또는 바로 이 회사.
　　/ 비슷한말: 본사本社

긴장시키는 말, 대외비

어두운 곳에서 단둘이 나누는 은밀한 대화, 숨죽이지 않으면 들리지 않을 것 같은 조심스러운 대화, 그 대화의 끄트머리에는 대부분 이런 속삭임이 남는다.

"이번 계획은 당분간 대외비로 해야 한다."

서류 표지에 찍힌 붉은 도장 글씨 '대외비'. 이 단어에 적잖게 긴장되기도 한다. 관련 서류를 받노라면 내가 대단한 비밀을 맡을 만한 위치가 되었나 싶기도 하다.

'대'가 들어가면 일단 '큰 대大'로 해석하는 사람이 있다. 그래서 대외비도 큰 비밀이라는 뜻으로 해석한다. 여기서 '대'는 '대할 대對'다. 대책對策, 대답對答, 대립對立, 대결對決, 대상對象,

대조對照, 대화對話 등에서의 '대'도 상대한다는 의미의 '대'다.

'비'를 무조건 비용費用이라 생각하는 사람도 있다. 그래서 대외비를 바깥에서 활동할 때 쓰는 비용이라고 해석하기도 한다. 대외비對外祕, 비법祕法, 비화祕話, 비서祕書, 비방祕方에서의 '비'는 모두 '숨길 비祕'다.

'대할 대對' '바깥 외外' '숨길 비祕'는 바깥사람들에 대하여 비밀로 한다는 뜻이다. 같은 무리에 있는 사람들끼리만 알아야 하는 내부 정보라는 뜻이다.

문해력 UP

대외비(對대할 대, 外바깥 외, 祕숨길 비): 외부에 대해서 숨겨야 하는 일.

기안을 올리는 것이
일을 벌인다는 뜻?

 "선배님, 제 기안서 한번 봐주세요. 아까 저
희 팀장님께 올렸는데 다시 쓰라고 하셔서요.
뭐가 잘못된 건지 모르겠어요."

"음, 일단 기안서에는 본인 의견이 눈에 띄어야 하는데, 여기서
는 뭘 제안하려는 건지 안 보이네요."

"아, 제 안건부터 잘 보이게 앞에 두어야겠군요."

"네, 맞아요. 이 팀장님은 두괄식으로 명확하게 정리한 보고서나
기안서를 좋아하세요."

"감사합니다. 제가 너무 나열식으로 썼네요. 다시 정리해 보겠
습니다!"

"기안을 작성하였다." "기안을 올렸다." 직장 생활을 할 때 자주 쓰는 표현이다. "기안이 참신하다는 이유로 칭찬을 받았다"고도 하고 "기안을 잘못하여 야단맞았다"라고도 한다. 사업이나 활동 계획의 초안草案 만드는 일을 '기안'이라 하는데, '일으킬 기起' '안건 안案'으로 안건을 일으킨다는 뜻이다. 없던 일을 일으킨다는 뜻이고, 새로운 일을 시작한다는 이야기다.

'기起'는 일어나다, 일으킨다는 의미로 많이 쓰인다. 무엇이 처음으로 일어나거나 시작되는 시점이나 지점을 '기점起點'이라 하고, 의견이나 문제 등을 논의의 대상으로 내어놓음을 '제기提起'라 한다. 검사가 특정한 형사 사건에 대하여 법원에 심판을 요구함을 '기소'라 하는데 '일으킬 기起' '소송 소訴'로 소송을 일으킨다는 뜻이다.

'안案'은 안건案件이라는 뜻이다. 안건은 토의하거나 연구해야 할 사항이다. '안案'은 법률이나 규정 등에 문제가 있는 일인 사안事案, 어떤 문제를 해결하려는 방법이나 계획인 방안方案, 어떤 의견을 안건으로 내어놓는 일인 제안提案, 법률의 바탕이 되는 원안이나 초안인 법안法案 등에 쓰인다.

'대안'은 한자에 따라 의미가 다른데, 어떤 안을 대신하는 것은 '대신할 대代'의 '대안代案'을 쓴다. 어떤 일에 대처할 방안은 '대할 대對'의 '대안對案'이다.

'기안'과 친구가 되는 말이 '공문'인데 공문서의 줄임말이다. '공적 공公' '글 문文' '문서 서書'로 공적으로 쓴 글의 문서라는 뜻이다. 공적公的은 무슨 뜻일까? 사회의 여러 사람이나 단체에 두루 관계되었다는 뜻이다. 공문은 공공기관이나 단체에서 공식적으로 작성한 서류인 것이다.

문해력 UP

안건(案생각 안, 件사건 건): 토의하거나 조사하여야 할 일.

기안(起일으킬 기, 案안건 안): 사업이나 활동 계획의 안건을 일으킴.

공문(公공적 공, 文문서 문): 공공 기관이나 단체에서 공적으로 작성한 문서.

금융당국에서 분식회계를
예의주시하는 이유

"분식회계 의혹에서 벗어났다."

"검찰이 칼을 휘두를 때마다 재벌들의 횡령,
업무상 배임, 분식회계 등이 드러나고 있다."

뉴스에서 종종 이런 소식이 들릴 때 문맥상 나쁜 뭔가를 했다는
것은 분명한데 정확히 무엇을 했는지는 모르겠다. '분식'이 무슨 뜻일
까? 밀가루로 만든 음식을 이야기하는 건 아닌 듯한데.

'가루 분粉' '꾸밀 식飾'이다. '가루로 꾸민다고?' 맞다. 가루
를 발라서 거짓으로 꾸민다는 뜻이다. '분粉'은 '밀가루' '고춧
가루'처럼 '가루'라는 의미로도 쓰이지만, 분식회계에서는 분
(화장품)을 바른다는 의미다. 지금은 "화장한다"라고 말하지만,

옛날에는 "분을 바른다"라는 표현을 썼다. 얼굴에 파운데이션과 같은 분을 바르면 맨 얼굴은 가려지고 꾸며진 얼굴만 드러나게 된다. 그래서 '분식'은 좋게 말하면 예쁘게 꾸미는 일이고, 나쁘게 이야기하면 진실을 감추고 거짓을 만드는 일이다. 내용 없이 거죽만 좋게 꾸미는 일, 실제보다 좋게 보이려고 사실을 숨기고 거짓으로 꾸미는 일이다.

'회계'는 '모을 회會' '계산할 계計'로 모아서 계산한다는 뜻이다. 금전 출납에 관한 사무를 기록하고 관리하는 일 즉, 나가고 들어온 돈을 따져서 셈하는 일을 일컫는다. '분식'이 거짓으로 꾸며졌다는 의미니까, 분식회계는 사실을 감추고 거짓으로 조작하여 만들어낸 회계문서다. 부당한 방법을 통해 자산이나 이익을 부풀리고 부채나 비용을 축소하여 회계 처리하는 일을 일컫는다.

왜 이런 일을 벌일까? 재무 상태나 경영 성과를 실제보다 좋게 보이려고 한다. 투자자에게 더 많은 투자를 받기 위해서고, 금융기관으로부터 더 많은 돈을 빌리기 위해서 한다. 이런 일이 왜 나쁠까? 주주들은 기업에서 발행한 회계 보고서를 보고 투자 여부를 결정하는데, 분식회계는 주주들의 판단을 왜곡시켜 물질적 손해를 끼치는 결과를 가져오기 때문이다.

이와 반대로 실제보다 이익을 낮게 회계하는 회사도 있는데 이를 '거스를 역逆'을 써서 '역분식회계逆粉飾會計'라 한다. 역분식회계는 왜 할까? 세금 부담을 줄이고 근로자 임금 인상 등을 피하기 위해서라고 한다.

한글이 과학적인 글자인 것 분명하지만 한자도 과학적인 문자다. '가루 분粉'을 보자. '쌀 미米'에 '나눌 분分'이 더해졌다. 쌀을 나누면 가루가 된다. 분식粉食, 분유粉乳, 분말粉末, 분진粉塵, 분골쇄신粉骨碎身 등에도 '가루 분'을 쓴다.

문해력 UP

분식회계(粉가루 분, 飾꾸밀 식, 會모을 회, 計셀 계):
기업이 고의로 자산이나 이익 등을 크게 부풀리고 부채를 적게 계산하여 재무 상태나 경영 성과, 그리고 재무 상태의 변동을 고의로 조작하는 회계.

역분식회계(逆거스를 역, 粉가루 분, 飾꾸밀 식, 會모을 회, 計셀 계):
사실과 달리 이익을 적게 표시하여 조작하는 회계.

옛날에는 송부했지만
지금은 전송한다

'송구'라는 운동경기가 있었다. 학교 체육에서 축구, 배구, 농구와 함께 인기 종목이었다. 송구는 어떤 스포츠였을까? '공 구球'인 건 아는데 '송'은? '보낼 송送'이다. 공을 상대편 골문으로 보내는 경기여서 '송구送球'라 했다. 현재는 핸드볼handball이라 한다. 중국이나 대만에서는 수구手球라고 한다.

"관련 기록을 송부해야 한다." "관련 서류를 검찰로 송부하지 않기로 했다." 편지나 물품 등을 부치어 보내는 일을 '송부送付'라 하고, 편지나 물품 등을 아직 부치어 보내지 아니함을 '미송부未送付'라 한다. '송부'는 '보낼 송送' '줄 부付'로 보내

준다는 뜻이다. '우송郵送' 혹은 '발송發送'이라고도 한다. 인터넷 시대다. 문서나 사진 등을 직접 보내는 경우는 드물고 대부분 전자 문서로 통신을 이용해 보내는데 이를 '전파 전電'을 써서 '전송電送'이라 한다.

'전電'은 원래 '번개'라는 뜻이었다. 매우 짧은 시간이나 매우 재빠른 동작을 '전광석화'라 하는데 '번개 전' '빛 광光' '돌 석石' '불 화火'로 번개가 치거나 부싯돌이 부딪칠 때의 번쩍이는 빛이라는 뜻이다. "전격적으로 발표했다" "전격적인 인사 개편이 있었다"라고 할 때의 '전'도 '번개 전'인데 여기에 '칠 격擊'이 더해져서 번개가 치는 것처럼 갑작스럽게 행해졌다는 뜻이다.

전기가 우리 생활에 들어오면서 '전電'에 '전기'라는 뜻이 더해다. 이어 '전파'라는 뜻이 더해졌고, 전자제품이 만들어지면서 '전자'라는 뜻까지 더해졌다. 그리하여 현재는 '번개'라는 뜻보다는 '전기' '전자'라는 뜻으로 많이 쓰인다. 전등電燈, 전보電報, 전화電話, 전차電車, 전산電算, 가전제품家電製品, 전광판電光板에서처럼 말이다.

'무전기無電機'는 전기를 쓰지 않는 기계라는 뜻일까? 아니다. 무선전화기無線電話機의 줄임말이다. 건전지는 왜 건전지일까?

'전지'는 '전기 전電' '연못 지池'로 전기가 있는 연못이라는 뜻이다. '마를 건乾'이 더해진 건전지는 마른 상태로 전기가 저장된 연못이라는 뜻이다. 건전지는 액체 상태의 전해질을 쓰지 않아 휴대하기 편리하도록 만든 전지인 것이다.

더불어 사는 세상이기 때문일까? 우리는 하루도 빠짐없이 무언가를 보내고 받고, 받고 또 보낸다. 그래서 '송送'으로 만들어진 단어가 참 많다. 송금送金, 배송配送, 발송發送, 송전送電, 운송運送, 방송放送, 발송發送, 이송移送. 또 있다. 송별회送別會, 송년회送年會, 환송회歡送會, 송별사送別辭, 송구영신送舊迎新.

문해력 UP

송부(送보낼 송, 付줄 부): 편지나 물품 따위를 보내어 줌.
/ 비슷한말: 우송郵送, 발송發送

전송(電전파 전, 送보낼 송): 글이나 사진 따위를 전류나 전파를 이용하여 먼 곳에 보냄.

별첨이 더 중요한 경우도 있다?

선생님께 혼나서 기분이 좋지 않았던 날, 친구가 이상한 말투로 내 별명을 불렀다. 순간 기분이 나빠서 크게 화를 냈다. 별명 부른 게 무슨 잘못이냐는 항변에 별명 부른 게 왜 잘못이 아니냐고 윽박질렀다. 별명을 남을 놀리기 위해 부르는 이름이라고 생각해 더 화가 났던 것 같다.

사진을 별첨해서 보내 달라고도 하고, 부록이 별첨되어 있다고도 한다. 수프를 별첨했다고도 하고, 선물을 별첨했다고도 한다. '별첨'은 '다를 별別' '더할 첨添'으로 다른 것 즉, 서류나 물품을 따로 덧붙였다는 뜻이다. '붙임'이라고도 한다.

'별別'을 다르다는 의미라고 하였는데 '달리할 특特'이 더해진

'특별特別'은 유달리 다르다, 일반적인 것과 아주 다르다는 뜻이다. 별미別味는 다른 곳에서는 맛보기 어려운 특별히 다른 맛이고, 별고別故는 평소에 없던 특별한 사고며, 별책別冊은 따로 엮어 만든 책이다. 옳고 그름과 좋고 나쁨, 같고 다름을 나누어 가릴 수 있는 능력을 변별력辨別力이라 하는데 '분별할 변辨'을 쓴다.

'별명'은 '다를 별別' '이름 명名'으로 실제 이름 대신 쓰이는 이름이다. 겉모습이나 성격 등의 특징을 바탕으로 지어 부르는 이름, 또는 본명 외에 허물없이 쓰기 위하여 지은 이름이다.

'별別'은 헤어진다는 의미로도 많이 쓰인다. 이별離別, 결별訣別, 고별告別, 작별作別, 별거別居, 사별死別, 송별送別, 석별惜別, 별세別世 등이 그것이다. 별세는 세상과 헤어졌다는 뜻으로 '죽음'을 달리 이르는 말이다.

이메일에서 사진이나 자료를 덧붙여 보낼 때 첨부파일로 보낸다고 하는데, 첨부는 '더할 첨添' '붙일 부附'로 더하고 붙였다는 뜻이다.

문해력 UP

별명(別다를 별, 名이름 명): 본 이름 말고 다른 이름. 사람의 외모나
　성격 따위의 특징을 바탕으로 남들이 지어 부르는 이름.

별첨(別다를 별, 添더할 첨): 서류 등 다른 것을 더함.

첨부(添더할 첨, 附붙일 부): 안건이나 문서 등을 더하여 붙임.

손익분기점을 넘기려면
시간과 땀이 필요하다

 봉급생활자가 좋은 이유는 중 하나는 아무리 못
되어도 손해 보는 일은 없기 때문 아닐까? 자영
업을 하게 되면 건물 임차료, 가게나 사무실 유지비, 인건비, 소모품
비 등 기본적으로 지출되는 돈이 있기에 수입이 없거나, 있더라도
적다면 손해가 발생하기 때문이다.

　자영업이나 사업을 시작하기 전에 시장성, 유동인구 등을 따져
예상 매출액을 가늠하고, 특히 손익분기점을 잘 따져서 사업 여부를
철저하게 고민해야 한다.

　'손익분기점'은 '분기점'에 '손익'이 더해진 말이다. '분기점'
은 '나눌 분分' '갈림길 기岐' '부분 점點'으로 나누어지는 갈림길

의 부분이라는 뜻이다. 사물의 속성이 바뀌어 갈라지는 지점이나 시기를 일컫는다. '손익'은 '손해볼 손損' '이익볼 익益'으로 손해와 이익이라는 뜻이다. 그러므로 손익분기점은 손해를 보느냐 이익을 보느냐의 갈림길 지점이다. 한 기간의 매출액이 그 기간의 총비용과 일치하는 점을 손익분기점이라고 보면 된다.

매출액이 손익분기점을 넘으면 이익이 생기고 이 부분에 도달하지 못하면 손해를 본다. 물건을 만들고 사무실을 운용하고 이자를 지출하고 직원 급여를 주고 홍보하는 일에 100을 투자했다면, 매출로 얻게 된 돈이 100보다 많아야만 손익분기점을 넘었다고 할 수 있는 것이다.

"그 책을 만난 것이 내 인생의 분기점이다." "1970년대를 분기점으로 하여 급격한 경제 성장을 하였다." "선생님을 만난 것이 내 인생의 분기점이었습니다." 이러한 표현에서 '분기점'은 사물의 속성이 바뀌어 갈라지는 지점이나 시기라는 뜻이다. 서울에서 내려온 기차는 익산에서 나누어져서 한 갈래는 목포로 가고 한 갈래는 여수로 간다. 목포로 가는 기차를 호남선이라 하고, 여수로 가는 기차를 전라선이라 하는데 이때 익산이 분기점이 되는 것이다.

'분수령' '전환점'도 같은 의미다. '나눌 분分' '물 수水' '고개 령嶺'의 분수령은 물을 나누는 고개라는 뜻으로, 어떤 사실이나 사태가 발전하는 전환점을 뜻하기도 하고, 일이 한 단계에서 전혀 다른 단계로 넘어가는 전환점을 뜻하기도 한다. 전환점은 '구를 전轉' '바꿀 환換' '부분 점點'으로 굴러서 바뀌게 되는 지점이라는 뜻이다. 다른 방향이나 상태로 바뀌는 계기, 또는 그런 고비를 일컫는다.

문해력 UP

분기점(分나눌 분, 岐갈림길 기, 點부분 점): 길 따위가 여러 갈래로 나누어 갈라지기 시작하는 곳.

분수령(分나눌 분, 水물 수, 嶺고개 령): 어떤 사실이나 사태가 발전하는 전환점 또는 어떤 일이 한 단계에서 전혀 다른 단계로 넘어가는 전환점을 비유적으로 이르는 말.

전환점(轉구를 전, 換바꿀 환, 點부분 점): 다른 방향이나 상태로 바뀌는 계기. 또는 그런 고비.

공공기관에서 수의계약은 안 되고 입찰만 가능하다고?

 건설업을 하는 후배에게 집을 지어달라 부탁하였고 5억에 집을 짓기로 계약하였다. 문제가 될까, 되지 않을까? 어떤 학교의 교장 선생님이 학교 도서관을 증축하게 해달라고 교육청에 요청했고 교육청이 요청을 받아들이자 교장 선생님은 건설업을 하는 후배를 불러 20억에 계약하고 도서관 증축 공사에 들어갔다. 문제가 될까, 되지 않을까?

자기가 자신의 집을 짓는다면 5억이든 20억이든 자기 마음대로 시공업체를 선정할 수 있다. 하지만 학교 등 공공기관의 책임자나 실무자가 공적 예산을 사용할 때 계약 상대자를 자기 마음대로 결정하는 것은 불법이다. 해당 계획을 공개하여 입찰에 부쳐야 한다.

입찰이 무엇일까? '들 입入' '문서 찰札'로 문서를 들여놓는다는 뜻이다. 무슨 문서일까? 상품의 매매나 공사의 도급 계약을 체결하기 위해 경쟁자들이 물건을 얼마에 팔겠다, 또는 얼마에 공사하겠다는 희망 가격이나 기타 조건을 적은 문서다. 해당 사업에 참여하겠다는 의사를 문서로 제출하는 일인 것이다. '응찰'이라고도 하는데 '응할 응應' '뽑을 찰札'로 입찰에 응하였다는 뜻이다.

경쟁입찰에서 입찰받은 물건이나 사업의 권리 등이 어떤 사람이나 단체의 수중에 떨어지도록 결정되는 일을 '낙찰'이라 하는데, '떨어질 낙落' '뽑을 찰札'로 입찰의 결과가 자신에게 떨어졌다, 돌아왔다는 뜻이다. 경매나 경쟁입찰에서 물건이나 일이 어떤 사람이나 단체에 돌아가도록 결정된 가격을 '값 가價'를 써서 '낙찰가落札價'라 한다.

경쟁이나 입찰의 방법을 쓰지 않고 마음대로 상대방을 골라서 체결하는 계약을 '수의계약'이라 하는데 '따를 수隨' '뜻 의意'로 자기의 뜻에 따라 계약한다는 뜻이다. 특정인을 계약 상대자로 선정하여 마음대로 계약하는 일을 일컫는다. 계약 이행이 가능한 사람이나 회사가 한 사람, 한 회사밖에 없거나 긴급한 경우, 또는 소액인 경우에 한해서는 수의계약이 허용되기도 한다.

'계약'은 '맺을 계契' '약속할 약約'으로 맺어서 약속한다는 뜻이다. 두 사람 이상이 의사 표시의 합의를 이룸으로써 이루어지는 법률 행위이고, 지켜야 할 의무를 미리 정해놓고 서로 어기지 않을 것을 다짐하는 일이다. 정식으로 계약을 맺기 전에 임시로 맺는 계약을 '임시 가假'를 써서 '가계약'이라 한다.

문해력 UP

입찰(入들 입, 札문서 찰): 경제 상품의 매매나 도급 계약을 체결할 때 여러 희망자들에게 각자의 낙찰 희망 가격을 서면으로 제출하게 하는 일.

낙찰(落떨어질 낙, 札뽑을 찰): 경매나 경쟁 입찰 따위에서 물건이나 일이 어떤 사람이나 업체에 돌아가도록 결정하는 일.

수의계약(隨따를 수, 意뜻 의, 契맺을 계, 約속할 약): 경쟁이나 입찰에 의하지 않고 상대편을 임의로 선택하여 체결하는 계약.

전결의 '전'은 '온전할 전'이나 '앞 전'을 쓰지 않는다?

"부장님 선에서 전결된 것이다."

"교감 선생님의 전결만으로 가능하다."

'결'이 결재라는 뜻인 것은 알겠는데 '전'의 뜻은 무엇일까? "부장 전결"은 사장님 결재는 필요 없고 부장님까지만 결재받으면 된다는 건 안다. 그러면 여기서 '전'은 '온전할 전全'을 써서 온전히 다 결재했다는 의미가 아닐까 추측해 보지만, 뭔가 의미가 부족해 보인다.

전결은 '홀로 전專' '결정할 결決', 오로지 혼자의 뜻으로 결정한다는 뜻이다. 혼자의 판단으로 책임지고 결정하는 일이 전결이다. 특정 직책을 수행하는 직원이 상위 결재자를 대신하여 결재를 진행하는 권한을 의미한다. 전결은 특정 직무를 수행하거나 특정 직급 이상을 갖춘 사람에게만 부여되는 권한인데, 전결 권한을 가진 사람이 결재하면 모든 결재 과정이 완료된다.

'대결'은 '대신할 대代'로, 대신하여 결재하는 것이다. 원래의 결재자가 휴가, 휴직, 출장 등의 이유로 결재를 진행할 수 없는 상황에서 다른 결재자가 그 권한을 대신 행사하는 것이다. '선결'은 '먼저 선先'을 써서 먼저 결재한다는 뜻인데, 결재 과정 중에 먼저 결재해야 하는 결재자가 그 결재를 미룰 경우, 다음 결재자가 그 권한을 행사하여 결재 과정을 나아가게 하는 것을 말한다. 과장이 결재를 진행하지 않는 경우에 부장이 먼저 결재하여서 결재를 신속하게 처리하는 일이다.

專, 傳, 轉, 塼 모두 '전'으로 발음한다. 專은 '오로지 전' '홀로 전'이다. 전문가專門家, 전공專攻, 전용專用, 전속專屬 등에 쓰인다. '사람 인人'이 더해진 傳은 '전할 전'이다. 전달傳達, 선전宣傳, 유전遺傳, 전래傳來, 전도傳道 등에 쓰인다.

'수레 거車'가 더해진 轉은 '구를 전'이다. 운전運轉, 자전거自轉車, 역전逆轉, 호전好轉 등에 쓰인다. '흙 토土'가 더해진 塼은 '벽돌 전'이다. 전탑塼塔, 모전탑模塼塔에 쓰인다.

'전매'는 두 가지 뜻으로 쓰인다. "담배인삼공사에서 담배를 전매한다"에서는 '오로지 전專' '팔 매賣'로 오로지 혼자서만 판다는 뜻이다. '구를 전轉' '팔 매賣'의 '전매'도 있는데 굴려서 판다는 뜻이다. 한 번 산 것을 다른 사람에게 되팔아 넘기는 일을 말하는데, 시세 차이를 이용하여 이익을 남기는 일이다. "분양권 전매" "미등기 전매" "아파트 전매 제한제" 등의 표현으로 쓰인다.

문해력 UP

전결(專홀로 전, 決결정할 결): 결정권자 마음대로 결정하고 처리함. 특정 직책을 수행하는 직원이 상위 결재자를 대신하여 결재함.

대결(代대신할 대, 決결정할 결): 남을 대신하여 결재함. 원래의 결재자 부재시 그 권한을 대신하여 결재함.

선결(先먼저 선, 決결정할 결): 다른 문제보다 먼저 해결하거나 결정함. 결재 과정 중에 먼저 결재해야 하는 결재자가 그 결재를 미룰 경우, 다음 결재자가 그 권한을 행사하여 결재 과정을 나아가게 함.

정량평가와 정성평가는 뭐가 다를까?

 노래자랑 심사위원 자리에 앉아본 적 있다. 예심은 어렵지 않았는데 결심에서의 심사는 너무 어려워서 도망치고 싶었다. 왜 89점이냐고 묻고 왜 91점이냐고 따진다면 대답할 자신이 없었다.

백일장 심사를 자주 했다. 우열을 가리기 쉬운 원고도 많았지만 1등 2등 3등을 가리는 일은 해마다 고통을 주었다. 누구의 글인 줄 알면 채점은 훨씬 어려웠기에 해마다 이름을 가리고 채점하고는 했다.

성적처럼 숫자로 표시하여 평가하는 일을 정량평가라 하고, 숫자로 표시하기 어려운 인성이나 창의성 혹은 내용, 가치 등을 중심으로 평가하는 것을 정성평가라 한다. '품평할 평評'

'가치 가價'를 쓴 평가는 가치를 품평한다는 뜻으로 사람이나 사물의 가치나 수준 등을 일정한 기준에 의해 따져 매기는 일이다. 가치를 규명하는 일이라 할 수 있다.

'정량'은 '측정할 정定' '양 량量'을 쓴다. '정定'이 정한다는 뜻으로 많이 쓰이지만 측정한다는 뜻으로도 쓰인다. '정량평가'에서는 양을 측정한다는 의미다. 양Quantity, 객관식 시험, 기록 등 수치화된 정보를 기준으로 하는 평가다.

'측정할 정定' '성질 성性'의 '정성평가'는 성질을 측정하는 평가다. 질Quality, 발전 가능성, 논술형 시험, 가치, 면접 등 성질性質을 중심으로 하는 평가다.

문해력 UP

정량평가(定측정할 정, 量양 량, 評품평할 평, 價가치 가):
양을 중심으로 업적이나 연구 등을 평가하는 일.

정성평가(定측정할 정, 性성질 성, 評품평할 평, 價가치 가):
내용, 가치, 전문성 등 질을 중심으로 업적이나 연구 등을 평가하는 일.

업무 분장에 '손바닥 장'을 쓴다?

 "이번 프로젝트에 함께 참여하게 된 분들을 초대한 단톡방입니다. 저는 마케팅팀 김이삭 팀장이고요. 제가 업무분장을 할 건데, 의견 주시면 참조하겠습니다."

"뭘 꾸미시는 건가요?"

"?? 꾸미다니요?"

"아, 분장을 한다고 해서요."

"각자 해야 할 역할을 나누자는 이야기였습니다."

"왜 그걸 굳이 한자어로...? :("

"흠, 네. 앞으로는 쉽게 말씀드릴게요. 다만 님은 보고서 작성보단 자료 서치쪽으로 가는 게 좋을 것 같네요."

조직이나 공동체를 운영하고 발전시키기 위해서는 일을 서로 나누어 맡아 처리해야 하는데 이를 '업무 분장', 줄여서 '분장'이라 한다. '나눌 분分' '맡을 장掌'으로 일을 나누어 맡는다는 뜻이다. 혼자서는 할 수 없는 일이어서 나누기도 하고, 함께 나누어서 해야 즐겁기도 하고 업무 효율이 높아지기도 해서 분장을 한다.

'장掌'은 손바닥이라는 뜻으로 많이 쓰인다. 추위를 막거나 손을 보호하기 위해 손에 끼는 물건인 장갑掌匣, 손뼉을 치며 크게 웃는 일인 박장대소拍掌大笑, 손바닥 뒤집듯 쉬운 일이라는 여반장如反掌 등이 그것이다. 고장난명孤掌難鳴에도 '손바닥 장掌'을 쓰는데, 한쪽 손뼉으로는 소리를 내기가 어렵다는 뜻으로 혼자서는 일을 이루기가 어려움을 일컫는다. 일을 책임지고 맡는 것, 혹은 그런 사람을 '주장主掌'이라 하고, 일을 맡아서 다루는 일을 '관장管掌'이라 한다.

세상은 불공평하다. 가정에서도 직장에서도 사회에서도 불공평은 피할 수 없다. 업무 분장에서도 그렇다. 모두가 똑같은 일을 할 수는 없기 때문이다. 보완책으로 존재하는 것이 '수당'이다. 정해진 봉급 이외에 따로 주는 보수를 '수당'이라 하는데 수당금手當金의 준말이다. '손 수手' '해당할 당當' '돈 금金'으로 손을 많이 움직인 것에 해당하는 돈이라는 뜻이다. 초과근무 수당처럼 일을 더 많이 해서 지급하기도 하지만 가족수당처럼 돌보아야 하는 사람이 많은 경우에 지급하기도 한다. 수당이 필요한 이유는 업무의 성격과 조건이 복잡해지고 다양화되고, 또한 똑같이 지급되는 기본급의 미비점을 보완할 필요가 있어서다.

문해력 UP

분장(分나눌 분, 掌맡을 장): 일이나 임무를 나누어 맡아 처리함.

관장(管주관할 관, 掌맡을 장): 일을 맡아서 주관함.

수당(手손 수, 當해당할 당): 손을 움직인 것에 해당하는 돈. 정해진 봉급 이외에 따로 주는 보수.

수신과 발신의 '신'은
소식이라고?

 스마트폰 세상이다. 선진국은 물론 가난한 나라의 어린아이들까지 핸드폰을 손에서 놓지 않는다. 수신 기능, 송신 기능이 좋으냐 나쁘냐는 고민거리가 되지 않은지 이미 오래다. 사진, 동영상, 신문, 방송, 음악, 사전은 물론이고, 내비게이션, 번역기, 인터넷, 은행, 신분 확인 기능까지 핸드폰의 기능은 무한에 가깝다.

'수신'은 '받을 수受' '소식 신信'으로 소식을 받는다는 뜻이다. 원래 우편이나 전보 등의 통신을 받는 일이었는데 요즘은 전화, 라디오, 텔레비전 방송 등의 소식이나 정보를 받는 일까지로 의미가 확장되었다. "수신 상태가 고르지 않다" "수신을 거부한다" 등의 표현으로 쓰인다. 반대말로는 '보낼 발發'을 쓴 발신도 있고, '보낼 송送'을 쓴 송신도 있다.

'신信'은 소식, 신호, 편지, 정보라는 뜻으로도 쓰이지만 '믿음' 이라는 뜻으로 더 많이 쓰인다. 신앙信仰, 자신감自信感, 신념信念, 확신確信, 배신背信, 신뢰信賴, 맹신盲信 등이 그것이다.

은행의 중요한 업무인 수신受信과 여신與信에서의 '신信'도 '믿음'이라는 뜻으로 이해할 수 있다. '수신'은 '받을 수受' '믿을 신信'으로 믿음을 받았다는 뜻이다. 일반인이나 회사가 가진 돈을 금융기관에 믿고 맡기는 일을 일컫는다. 은행을 믿고 예금, 입출금, 이체, 외환 등 돈을 움직일 업무를 맡기는 것이다. '여신'은 '줄 여與' '믿을 신信'으로 믿고서 돈을 빌려준다는 뜻이다. 금융기관이 일반인이나 회사를 믿고 돈을 빌려주는 일이 여신인 것이다.

은행은 아무에게나 돈을 빌려주지 않는다. 담보물이 있거나 신용이 있어야 한다. 사람을 믿고 돈을 빌려주는 일을 신용대출 信用貸出이라 하고, 담보물을 잡고 돈을 빌려주는 일을 담보대출 이라 한다. 담보는 '맡길 담擔' '보증할 보保'로 맡겨서 보증하는 물건이다. 돈을 빌린 사람이 빚을 변제하지 못할 때 보증한 물건으로 대신 변제할 수 있도록 확보해 놓는 것이 담보다.

문해력 UP

수신(受받을 수, 信소식 신): 우편이나 전보 따위의 통신을 받음.
전신이나 전화, 라디오, 텔레비전 방송 따위로 소식을 받음.

발신(發보낼 발, 信소식 신): 소식이나 우편 또는 소식을 보냄.

송신(送보낼 송, 信소식 신): 주로 전기적 수단을 이용하여 전신이나
전화, 라디오, 텔레비전 방송 따위로 소식을 보냄.

당기순이익이 진짜 남는 돈

 한 지인이 월세 50만 원을 주기로 하고 가게를 열었다. 경매시장에서 20만 원씩 열다섯 번 물건을 가져와 한 달 동안 팔았더니 400만 원이 들어왔다. 100만 원 이익이 났다고 좋아했는데 그게 아니었다. 임차료, 전기세, 보험금, 세금, 운반비 등등으로 지출되는 돈이 만만치 않다는 사실을 알게 된 후 허탈하게 웃었다.

'이익'은 '이로울 이利' '더할 익益'으로 이롭고 보탬이 되는 것이라는 뜻이다. 정신적 · 물질적으로 이롭고 보탬이 되는 일을 일컫는데, 특히 경제에서는 일정 기간의 총수입에서 그 기간에 투자된 비용을 공제한 차액을 일컫는다. 회사에서의 이익에는 영업이익이 있고 당기순이익이 있다.

영업이익은 회사가 자신들의 제품을 팔고 순수하게 남은 금액이다. 매출액에서 원가를 제외하고, 회사를 운영하는 데 들어간 비용인 임차료, 급여 등을 모두 제하면 영업이익이 된다.

당기순이익은 일정 회계기간 동안 영업활동 외에 발생한 이익인 이자나 투자 수익을 더하고, 영업활동과 직접 관련이 없는 특별 손실과 법인세 등을 뺀 최종 금액이다.

'순純'은 순수하다, 온전하다, 다른 것은 섞이지 않았다는 뜻이기에 '순이익'은 인건비, 재료비, 운영비, 영업비, 잡비 등 모든 경비를 빼고 남은 순수한 이익이다.

'당기'는 무슨 뜻일까? '해당할 당當' '기간 기期'로 생산과 판매가 이루어졌던 바로 그 시기를 이른다. '당기순이익'은 해당 기간의 총이익에서 총비용을 빼고 남은 순전한 이익이다.

경영 결과가 항상 이익일 수는 없다. 해당 회계 기간에 기업 활동으로 발생한 총수익이 총비용보다 적어서 손실이 생길 수 있는데 그 손실을 '당기순손실當期純損失'이라 한다. 여러 가지 지출된 돈이 수입을 초과하였을 때 생긴다.

'해당할 당當'은 당일當日, 당신當身, 당대當代, 당시當時,

당국當局, 당사자當事者, 담당자擔當者, 당선當選, 당번當番 등에 쓰인다. '기期'는 '시기'라는 의미로도 쓰인다. 한 단계에서 다음 단계로 넘어가는 중간 시기를 '지날 과過' '건널 도渡'를 써서 과도기過渡期라 하고, 일 년을 네 시기로 나누었을 때 그 한 기간을 사분기四分期라 한다. 4월, 5월, 6월은 두 번째 사분기로 '2사분기'라고 한다.

문해력 UP

영업이익(營경영할 영, 業일 업, 利이로울 이, 益더할 익):
기업의 주요 영업 활동에서 생기는 이익. 매출액에서 매출 원가, 일반 관리비, 판매비를 뺀 나머지다.

당기순이익(當해당할 당, 期기간 기, 純순수할 순, 利이로울 이, 益더할 익):
손익 계산서에서, 해당되는 기간의 총이익에서 총비용을 빼고 남은 순전한 이익.

사분기(四녁 사, 分나눌 분, 期시기 기): 한 회계 연도를 넷으로 나눈 하나의 기간.

품의가 뭔지도 모르면서
품의서를 작성했다고?

"그 건은 품의 받아서 진행해 주세요."

회사의 모든 일은 의논과 절차와 승인의 단계를
거쳐서 이루어진다. 아무리 좋은 아이템이어도, 당연히 해야 하는
일이어도, 개인의 사사로운 일이 아니기에 구두로 보고할 뿐 아니라
문서로 윗사람의 검토와 승인을 받았다는 기록을 남겨 놓는다. 심지
어 보고 양식도 회사에 정해져 있으니, 보고 과정까지 꼼꼼하게 챙
겨야 일 잘하는 직원으로 남을 것이다.

'품의'는 '여쭐 품稟' '의논할 의議'로, 윗사람에게 특정 사안
을 승인해 줄 것을 여쭙고 의논하는 일이다. '문서 서書'가 더해
진 품의서稟議書는 물품의 구매, 비용의 지출, 인사, 업무 계획

등 일의 집행을 시행하기에 앞서 결재권자에게 특정한 사안을 승인하여 달라고 요청하는 문서다. 품의할 때는 내용, 이유, 예상 결과 등을 상세히 기재하는 것이 좋다.

'품위'와 혼동하기도 하는데, '품위'는 '등급 품品' '지위 위位'로 등급의 지위에 맞는 모습이라는 뜻이다. 각각의 지위나 위치에 따라 갖추어야 한다고 생각되는 품성과 교양의 정도라고 이해하면 된다.

"서류를 상신하느라 힘들었다." "상부에 훈장을 상신하였다." 이처럼 윗사람이나 상급 기관에 어떤 일에 대한 의견이나 사정을 말이나 글로 보고하는 일을 '상신'이라 하는데, '윗 상上' '말할 신申'으로 윗사람에게 말한다는 뜻이다. 신고申告, 신청申請, 신신당부申申當付에서의 '신'도 '말하다'는 뜻이다.

인사나 사업 내용 등을 공개하지 아니하고 상급 기관에 보고하는 일을 '내신'이라 하는데 '안 내內' '말할 신申'으로 안(내부)에서 말하는 내용이라는 뜻이다. 상급 학교 진학이나 취업과 관련하여 선발의 자료가 될 수 있도록 지원자의 출신 학교에서 시험 성적, 출결 상황, 생활 태도, 품행 등을 적어 보내는 일이 '내신'인 것이다.

'기안'과 '품의'는 비슷한 뜻이지만 약간 다르게 사용되곤 한다. '기안'은 '일으킬 기起' '안건 안案'으로 안건을 일으킨다는 뜻인데, 추진하려는 일에 관해 설명하여 허락을 받아내는 과정이다. 그런데 '품의稟議'는 실제 업무 집행을 위한 승인을 요청하는 것이다. 전체적인 큰 흐름의 계획에 관한 일은 기안이고, 구체적인 계획에 대한 일은 품의라고 이해해도 좋을 것 같다.

문해력 UP

품의서(稟여쭐 품, 議의논할 의, 書문서 서): 웃어른이나 상사에게 여쭈어 의논하는 글.

기안서(起일으킬 기, 案안건 안, 書문서 서): 사업이나 활동 계획의 초안草案을 만듦. 또는 그 초안.

홍보, 광고, 선전은 뭐가 다를까?

 기업이 하는 일은 생산과 판매다. 일반적으로 좋은 물건은 판매가 잘 이루어지지만, 다 그렇지만도 않다. 좋은 제품일지라도 제품이 출시되었다는 소식과, 제품의 기능을 제대로 알리지 않으면 소비자는 모르고 지나칠 수 있다. 또한 보고도 매력을 못 찾고 외면할 수 있다.

  홍보가 광고고, 광고가 선전이니까 홍보 · 광고 · 선전은 비슷한 뜻이다. 사업의 내용이나 상품, 업적 등을 일반에 널리 알리는 일이다. '홍보'는 '넓을 홍弘' '알릴 보報'로 널리 알린다는 뜻이고, '광고' 역시 '넓을 광廣' '알릴 고告'로 널리 알린다는 뜻이다. '선전'은 '널리 퍼뜨릴 선宣' '전할 전傳'으로 널리 퍼뜨려 상품의 중요성과 필요성을 전한다는 뜻이다.

뜻풀이에는 차이가 없지만 실제 사용할 때는 차이가 있다. 홍보弘報가 판매가 아닌 정보 제공이나 교육을 목적으로 언론사로 하여금 자신에게 유리한 보도를 하도록 보도자료 및 기타 편의를 제공하는 활동이라면, 광고廣告나 선전宣傳은 상품 판매를 목적으로 상품이나 서비스의 내용을 세상에 알려 기대한 바의 목적을 거두기 위해 투자하는 활동이다. 사물의 존재나 효능 또는 주장 등을 남에게 설명하여 동의를 구하는 일이기 때문이다. 홍보가 커뮤니케이션 활동을 통하여 자기 생각이나 계획·활동·업적 등을 널리 알리는 활동인 데 비해, 선전이나 광고는 특정 정보를 부각해 원하는 이미지를 만들어내는 활동이라는 차이도 있다.

홍보, 광고, 선전하는 방법의 하나가 전단지 배포다. 전단지는 '전할 전傳' '하나 단單' '종이 지紙'로 전달하기 위한 목적으로 만든 한 장의 종이라는 뜻이다. 홍보, 광고, 선전을 'PR'이라 하는데 'Public Relations'의 약자다. 굳이 번역한다면 '대중 관계' 정도 될 것 같다. '마케팅marketing'은 시장에서의 활동이라는 뜻에 맞게 선전과 판매 촉진뿐 아니라 제품을 생산자로부

터 소비자에게 원활하게 이전하기 위한 기획 활동, 시장 조사,
상품화 계획까지 포함한다.

'보報'는 '보도報道' '보고報告' '통보通報' '○○일보日報' '예보豫報'
'대자보大字報' '오보誤報' 등에서는 알린다는 뜻이지만, '보상報償'
'보훈報勳' '보수報酬' '결초보은結草報恩' 등에서는 갚다라는 뜻
이다.

문해력 UP

홍보(弘넓을 홍, 報알릴 보): 널리 알림. 또는 그 소식이나 보도.

광고(廣넓을 광, 告알릴 고): 세상에 널리 알림. 또는 그런 일. 상품이나
　　서비스에 대한 정보를 여러 가지 매체를 통하여 소비자에게
　　널리 알리는 의도적인 활동.

선전(宣널리퍼뜨릴 선, 傳전할 전): 주의나 주장, 사물의 존재, 효능 따위를
　　많은 사람이 알고 이해하도록 잘 설명하여 널리 알리는 일.

뉴스에서 자주 보지만
어려운 시사 한자 어휘

'향년'이라는 말,
잘못 쓰면 큰일이네!

어느 분야에서는
역대급이 될 수 있다고?

 "와, 이번 제품 역대급으로 예쁘다. 기능도 역

대급이야!"

"너 작년에 신제품 봤을 때도 그 말 했거든. 뭐가 그리 만날 역

대급이래?"

"그만큼 좋다는 소리지."

"그래도 역대급은 진짜 좋을 때 써야 한다고. 의미가 그렇잖아."

"역대급 불수능" "역대급 폭우" "역대급 특가 할인" "역대급
드라마" 등등의 표현에서 '역대급歷代級'은 '역대'에 '급'이 더해
진 말이다. '역대'는 '지날 역歷' '시대 대代'로 지나온 시대이고,
'급'은 '등급等級'이다. 그러니까 '역대급'은 지나온 시대에서 상

110

당히 높은 등급이라는 뜻이다. 역사에 대대로 남을 등급이라 해석해도 좋을 듯하다. 지금까지 있던 그 어떤 것보다 최고 수준이리고 이해하면 된다.

수준이나 실력을 평가하는 말에 '급級'과 '단段'을 많이 쓴다. 바둑에서 '급'의 순위는 30급에서 1급까지 있는데, 30급이 가장 낮은 순위이고 1급이 가장 높은 순위이다. '단'의 등급은 1단부터 9단까지 있는데 1단이 가장 낮고 9단이 가장 높다. '급'은 '등급 급級'이니까, 1등급이 최고인 것처럼 숫자가 작을수록 실력이 뛰어나다. '단'은 '층계 단段'이니까 계단은 높이 올라야 최고인 것처럼 숫자가 클수록 실력이 뛰어난 것이다.

'경력'은 '경험 경經' '지날 력歷'으로, 지나오면서 경험한 내용이라는 뜻이고, '간략할 약略'을 쓴 '약력'은 지나온 일을 간략하게 적은 내용이라는 뜻이다. "다양한 인생 편력"이라는 말에서 '편력'은 뭘까? '두루 편遍' '지날 력歷'이다. 두루두루 여기저기를 지나왔다는 뜻으로 여러 경험을 하였다는 이야기다.

학력學歷은 학교를 다닌 경력이다. 공교육 기관에서 학문을 배우고 닦은 이력이라 할 수 있다. '이력'은 '밟을 이履' '지날 력歷'으로 지금까지 밟고 지나온 학업, 직업, 경험 등에 대한 내력이다. 이력서는 이력을 적은 문서라고 이해하면 된다.

'힘 력力'을 쓴 학력學力도 있다. 교육 기관에서 배우고 익힘을 통해서 얻은 지적 적응 능력을 일컫는다. '학벌'은 '문벌 벌閥'을 쓴 말로, 학문을 닦아서 얻게 된 사회적 지위나 신분, 또는 출신 학교의 사회적 지위나 등급을 일컫는다.

문해력 UP

역대급(歷지날 역, 代시대 대, 級등급 급): 대대로 이어 내려온 여러 대 가운데 상당히 높은 수준에 있는 등급.

경력(經경험 경, 歷지날 력): 여러 가지 일을 겪어 지내 옴. 겪어 지내 온 여러 가지 일.

이력(履밟을 이, 歷지날 력): 지금까지 거쳐 온 학업, 직업, 경험 등의 내력.

반려동물이 반려자 역할을 하는 동물이라고?

 반려동물 장례식장이 있고 반려동물 관리사 자격증도 있을 정도로 반려동물은 우리 삶에 중요한 일부가 되었다. 반려동물을 키우는 사람이 늘어나는 이유는 무엇일까? 사람과 달리 마음에 상처를 주지 않는 순수한 존재이기 때문이고, 자신을 완벽하게 믿고 따르며, 자신만이 그 생명을 온전히 책임질 존재가 되기 때문 아닐까?

가족처럼 생각하여 가까이 두고 보살피며 기르는 동물을 반려동물伴侶動物이라 하는데 '짝 반伴' '짝 려侶'로 짝이 되는 동물이라는 뜻이다. 한 가족처럼 사람과 더불어 살아가는 개는 반려견伴侶犬이고, 한 가족처럼 사람과 함께 생활하는 고양이는 반려묘伴侶猫다. 애완동물이라고도 하는데 '사랑 애愛' '놀 완玩'으로 사랑하고 함께 노는 동물이라는 뜻이다.

'동물'이 왜 동물이냐고? '움직일 동動'으로 움직이는 생명체이기 때문이다. 식물은 '심을 식植'으로 땅에 심겨 있는 생명체다. '부초'는 땅에 심겨 있지 않은데 그래도 식물일까? 글쎄, 땅이 아니라 물에 심겨 있는 것으로 해석하면 억지일까? 동물과 식물을 아울러 '생물'이라 하는데 '살 생生' '물질 물物'로 살아있는 물질이라는 뜻이다.

'짝 반伴'이라 했는데 따르다, 따라간다는 의미로도 쓰인다. 어디를 가거나 무엇을 할 때 함께 짝하는 것을 '동반同伴'이라하고, 성악이나 기악에서 노래나 주요 악기의 연주를 보조하거나 부각하기 위한 연주를 '반주伴奏'라 한다.

적록 색맹赤綠色盲이나 혈우병血友病은 '반성유전'을 한다고 하는데, '반성'이 무슨 뜻일까? '따를 반伴' '성 성性'으로 '성性'을 따라 유전한다는 뜻이다. 특정한 성性과 연관되어 나타나며 보통 X염색체에 있는 유전자에 의해 일어나는 유전을 일컫는다.

사람들이 반려동물을 키우는 이유는 외로워서 아닐까 싶다. 사랑해서이기도 하지만 정서적으로 의지하려는 이유도 있다고 본다. 사람이 동물에게 정서적으로 의지한다니 이상하게 생각 될 수도 있지만 인간은 원래 외로운 존재이고 나약한 존재라는 사실을 안다면 부정하기 쉽지 않을 것 같다. 자기만 좋아해 주는 그 누구를 갈구하고, 오로지 자기만이 좋아할 수 있는 그 누구를 필요로 하는 것이 인간의 마음이라는 생각을 해본다.

문해력 UP

반려동물(伴짝 반, 侶짝 려, 動움직일 동, 物물질 물):
　　사람이 정서적으로 의지하고자 가까이 두고 기르는 동물.

애완동물(愛사랑 애, 玩놀 완, 動움직일 동, 物물질 물):
　　좋아하여 가까이 두고 귀여워하며 기르는 동물.

부결에서의 '부'는 '不'가 아니다

 가부可否를 묻는 투표에서 찬성하면 '가'나 '可'를 쓰고, 반대하면 '부'나 '否'를 쓴다. 그 런데 가끔 투표용지에 '입 구口'가 없는 '부不'를 쓴 경우가 있다고 한다. '否'가 아닌 '不'로 쓴 투표용지는 어떻게 처리할까? 당연 히 무효로 처리된다. 국민의 대표라는 국회의원들이 '부否'가 아닌 '부不'를 쓰는 경우가 있다는데 정말 몰라서일까, 아니면 무효표를 만들기 위함일까?

'不'와 '否' 똑같이 '아닐 부'라 하지만 쓰임은 분명히 다르다. '不'는 부정不正, 부실不實, 부재不在, 부당不當처럼 뒤에 나오는 글자의 뜻이 아니라는 의미로 많이 쓰인다. 그리고 '否'는 '不'

아래에 '입 구口'가 있기에 '아니라고 말하다'라는 뜻이 된다. '不'은 'not'으로 이해하고, '否'는 'yes'의 반대인 'no'로 이해하면 좋을 것 같다.

'부정不定'도 있고, '부정不正'도 있고, '부정否定'도 있다. '부정不定'은 "주거 부정"에서처럼 정해지지 않았다는 뜻이고, 부정不正은 "입시 부정을 저지르다"에서처럼 올바르지 않다는 뜻이다. 그리고 부정否定은 "긍정이 아닌 부정의 표시였다"에서처럼 내용이 옳지 않다고 말했다는 뜻이다.

긍정肯定의 반대인 '부정否定', 시인是認의 반대인 '부인否認', 그러함과 그러하지 아니함이라는 '여부與否', 편안하게 잘 지내는지 그렇지 않은지에 대한 소식인 '안부安否', 요구나 제의를 받아들이지 않고 물리칠 수 있는 권리인 '거부권拒否權', 어떤 일에 대하여 옳거나 옳지 아니하다고 말한다는 의미의 '왈가왈부曰可曰否'에서는 '부否'이다.

가결은 '옳을 가可' '결정할 결決'로 옳은 것으로 결정하였다는 뜻이고, 부결은 '아닐 부否'로 아닌 것으로 결정하였다는 뜻이다. '가부可否를 묻다'는 옳은지 그른지를 묻는다는 뜻으로 투표로 안건을 받아들일지 아닐지 여부, 합당한지 아닌지 여부를 묻는다는 이야기다.

"안부를 전해달라." "안부를 걱정하는 편지를 보냈다." "그의 안부가 궁금해졌다." 여기서 '안부'는 '편안할 안安' '아닐 부否'로, 평안함과 평안하지 아니함이라는 뜻이다. 어떤 사람이 평안하게 잘 지내는지 그렇지 않은지에 대한 소식이다.

문해력 UP

가부(可옳을 가, 否아닐 부): 옳고 그름. 찬성과 반대를 아울러 이르는 말.

부정(不아닐 부, 正바를 정): 올바르지 아니하거나 옳지 못함.

부정(不아닐 부, 定정할 정): 일정하지 아니함. / 반대말: 일정一定

부정(否아닐 부, 定정할 정): 그렇지 아니하다고 단정하거나 옳지 아니하다고 반대함. / 반대말: 긍정肯定

가처분소득과 가처분신청의
가처분이 다른 뜻?

 돈은 행복을 가져오기도 하고 불행을 가져오기도
한다. 돈이 부족하여서 불행한 경우도 많고 돈이
너무 많아서 불행한 경우도 많다. 결혼 축의금 때문에 긴 시간 쌓은
우정이 깨지기도 하고 부부나 형제간의 갈등 원인이 돈인 경우도 적
지 않다. 돈이 사회를 지배하고 인간을 구속한 지 오래다.

소득이 돈이고 돈이 소득인데, '소득'은 '바 소所' '얻을 득得'
으로 '얻은 바'라는 뜻이다. '수입'이라고도 하는데 '거둘 수收'
'들어올 입入'으로 거두어들인 돈, 주머니로 들어오는 돈이라는
뜻이다.

근로소득勤勞所得만 소득이 아니다. 재산소득, 사업소득도 있

고 이전소득도 있다. 돈, 건물, 토지 등을 제공하고 얻은 대가는 재산소득財産所得이고, 자본과 노동력을 결합하여 생산활동을 하여 얻은 소득은 사업소득事業所得이며, 기초생계비, 아동수당, 상속, 증여처럼 무상으로 받아 생기는 소득은 이전소득移轉所得이다.

'가능할 가可'를 쓴 '가처분'은 처분이 가능하다는 뜻이다. '처분'이 뭘까? '처리할 처處' '나눌 분分'으로 처리하여 나눈다는 뜻이다. 그러기에 '가처분소득可處分所得'은 처분이 가능한 소득, 자기가 마음대로 쓸 수 있는 소득이다. 소득이 300만 원이라고 해서 300만 원을 다 쓸 수는 없다. 세금도 내야 하고 사회보험료, 월세, 이자도 내야 한다. 그러하기에 소득에서 세금이나 사회보험료 등을 뺀 금액이 가처분소득이 된다. 만약 연금을 받거나 국가로부터 근로장려금을 받는다면 그 돈도 가처분소득에 포함된다. 가처분소득은 실제 개인이 마음대로 쓸 수 있는 소득, 소비나 저축을 자유롭게 할 수 있는 소득이기에 실소득實所得이라고도 한다.

반면 '가처분신청'에서의 '가'는 '임시 가假'다. 그러니까 '가처분'은 처분에 대한 임시 결정이다. 특정한 사건에 대하여 관련 법규를 적용하여 처리하는 행위다. 그러므로 '가처분신청假處分申請'은 민사소송법에서, 금전 이외의 받을 권리가 있는 특정물을 처분하지 못하도록 법원에 임시적인 결정을 내려달라고 신청하는 것이다. '부동산처분금지 가처분신청'을 하고 가처분 명령이 내려지고 등기까지 완료되면, 소유주라 할지라도 그 부동산을 마음대로 처분할 수 없다.

문해력 UP

가처분소득(可가능할 가, 處처리할 처, 分나눌 분, 所바 소, 得얻을 득):
    개인의 의사에 따라 마음대로 쓸 수 있는 소득.

가처분신청(假임시 가, 處처리할 처, 分나눌 분, 申말할 신, 請청할 청):
    민사 소송법에서, 금전 채권이 아닌 청구권에 대한 집행을 보전하거나 권리 관계의 다툼에 대하여 임시적인 지위를 정해 달라고 법원에 하는 신청.

법원에서 자주 쓰는
각하, 기각, 인용

 나라가 제대로 서려면 민주주의의 근간根幹인 삼권분립이 제대로 되어야 한다. 삼권분립三權分立은 권력을 세 개로 나눠서 세우는 일이다. 세 개의 권력이란 입법立法, 사법司法, 행정行政이다. 법을 세우는(만드는) 일은 '세울 입立'의 입법立法이고, 법을 맡아서 처리하고 다스리는 일은 '맡을 사司'의 사법司法이며, 정치를 행하는 일은 '행할 행行' '정사 정政'의 행정行政이다. 삼권을 분립해야 하는 이유는 무엇일까? 한 사람 또는 하나의 기관이 권력을 독점하면 견제받을 수 없어 부패하기 쉽기 때문이다. 독립된 세 기관에 권력을 분산함으로 권력 남용을 막기 위해서다.

사법부는 '법 법法' '맡을 사司'를 쓴다. 법을 적용하는 일을 처리하기에 '사법'이다. 책을 맡아 관리하기에 사서司書다. 법에 관한 일을 맡은 관아이기에 '법 헌憲'의 사헌부司憲府였고, 간언하는 일을 맡은 관아이기에 '간할 간諫'의 사간원司諫院이었다. 잘못된 일을 바로잡는 기관이기에 '바를 정正'의 사정司正이고, 모임이나 예식에서 차례를 따라 그 일을 진행하는 사람이기에 사회자司會者다. 자기보다 직급이 높은 사람을 '상사上司'라 하는데, 일을 맡아서 하는 윗사람이기 때문이다.

사법부인 법원法院에서 많이 쓰는 말이 '각하却下', '기각棄却', '인용認容'이다. '각하'는 '물리칠 각却' '내릴 하下'로 물리치고 내버린다는 뜻이다. 소송 요건을 갖추지 못하였다는 이유로 아예 내용을 판단하지도 않고 소송을 종료해 버리는 일을 일컫는다.

'기각'은 '버릴 기棄' '물리칠 각却'으로 버리고 물리쳤다는 뜻이다. 신청한 내용이 이유가 없거나 적법適法하지 않다고 판단하여 무효임을 선고하는 일이다.

'인용'은 '인정할 인認' '받아들일 용容'으로 인정하고 받아들였다는 뜻이다. 심판청구에 대한 요건을 심리한 결과, 요건을 갖추었기에, 또 청구인의 주장이 이유가 있다고 인정되었기에 그 주장을 받아들여 재판을 진행하겠다고 결정했다는 뜻이다. '각하'나 '기각' 처분을 받으면 아예 재판을 시작하지 못하게 되고, '인용' 처분을 받아야 재판을 시작할 수 있게 된다.

　다른 사람의 말이나 격언 등을 빌려와 내용을 풍부하게 하거나 변화를 주는 방법, 남의 말이나 글 가운데 필요한 부분을 끌어다가 자기의 말이나 글 속에 넣어 설명하는 말하기나 글쓰기 방법도 '인용'이라 하는데, '끌 인引' '사용할 용用'으로 끌어서 사용한다는 뜻이다.

문해력 UP

각하(却물리칠 각, 下내릴 하): 민사 소송법에서, 소訴나 상소가 형식적인 요건을 갖추지 못한 경우, 부적법한 것으로 하여 내용에 대한 판단 없이 소송을 종료하는 일.

기각(棄버릴 기, 却물리칠 각): 소송을 수리한 법원이, 소나 상소가 형식적인 요건은 갖추었으나, 그 내용이 실체적으로 이유가 없다고 판단하여 소송을 종료하는 일.

인용(認인정할 인, 容받아들일 용): 인정하여 용납함.

인용(引끌 인, 用사용할 용): 남의 말이나 글을 자신의 말이나 글 속에 끌어 씀.

탄핵은 권력자나
고위 공직자에게만 해당한다고?

 절도, 강도, 사기, 횡령, 폭행, 협박한 사람만
법의 심판을 받는 것이 아니라 부패한 권력 또
한 심판을 받는다. 법은 만인 앞에 평등하기 때문이다. 대통령, 국
무총리, 국무위원, 행정 각부의 장, 헌법재판소 재판관, 법관, 중
앙선거관리위원회 위원, 감사원장, 감사위원 등은 대단한 권력
자임과 동시에 법률이 신분을 보장하는 공무원이다.

대단한 권력자들이 법을 위반하는 행위를 하였을 때 어떻게
해야 할까? 그 자리에서 물러나도록 해야 한다. 물러나도록 하
기 위해서는 국회가 소추訴追하고 헌법재판소가 최종 심판審判
하여 파면罷免해야 하는데 이런 제도를 '탄핵彈劾'이라 한다.

'탄'은 '탄알 탄彈' '두드릴 탄彈'이다. 폭탄爆彈, 최루탄催淚彈, 탄압彈壓, 지탄指彈, 규탄糾彈, 탄력彈力 등에도 쓰인다. '핵劾'은 꾸짖다, 캐묻다라는 의미인데 '탄핵彈劾' 이외에는 별로 쓰이지 않는다. 글자 그대로의 뜻은 탄알을 쏘면서 꾸짖는다, 두드리면서 죄를 캐묻는다는 뜻이다.

'파면'은 뭘까? 잘못을 저지른 일반 공무원이나 회사원을 해임하고 처벌하는 일이다. '그만둘 파罷' '해직할 면免'으로 그만두도록 하고 해직시킨다는 뜻이다. '벗어날 면免' '직분 직職'을 써서 '면직'이라고도 하고, '벗길 해解' '고용할 고雇'를 써서 '해고'라고도 한다.

우리나라 형벌에는 생명형, 신체형, 자유형, 재산형, 명예형이 있다. '생명형生命刑'은 생명을 빼앗는다는 뜻으로 사형死刑이 여기에 속한다. '신체형身體刑'은 신체에 고통을 주는 형벌인데 오늘날에는 없어졌다. '자유형自由刑'은 자유를 박탈하는 형벌로 징역, 금고, 구류가 있다. '재산형財産刑'은 재산을 빼앗는 형벌로 벌금, 과료, 몰수가 있다. 명예를 더럽히는 형벌도 있는데 이를 '명예형'이라 한다. 자격상실, 자격정지가 그것이다.

'징역'은 '혼날 징懲' '일시킬 역役'이기에 교도소에 가두어 노동을 시키는 형벌이고, '금고'는 '금할 금禁' '가둘 고錮'이기에 가두어서 꼼짝 못 하도록 하는 형벌이다. '구류'는 '잡을 구拘' '머무를 류留'로 유치장이나 교도소에 짧긴(30일 미만) 머무르게 강제하는 형벌이고, 범죄 행위와 관계되는 물건을 몽땅 없애고 거두어가는 일은 '없앨 몰沒' '거둘 수收'의 '몰수'다. 벌로 돈을 내야 하는 형벌이기에 '벌할 벌罰' '돈 금金'의 벌금이고, 실수나 게으름 때문에 내야 하는 돈은 '실수 과過' '게으를 태怠' '요금 료料'의 과태료다. 과태료는 형벌은 아니고 법령 위반이다.

문해력 UP

파면(罷그만둘 파, 免해직할 면): 잘못을 저지른 사람에게 직무나 직업을 그만두게 함.

면직(免벗어날 면, 職직분 직): 일정한 직위나 직무에서 물러나게 함.

해고(解벗길 해, 雇고용할 고): 고용주가 고용 계약을 해제하여 피고용인을 내보냄.

경종을 무시하면
슬픈 일이 벌어진다

"기독교와 불교와 학교의 공통점이 뭘까?"

초등학교 3~4학년 되는 아이들에게 질문을 던졌다. 눈만 껌벅이는 아이들에게 나는 그 답을 '종'이라고 말해 주었다. 세 곳 모두 종을 치는 곳이다. 금속으로 주조한 타악기를 '종'이라 하는데 '鐘'으로도 쓰고 '鍾'으로도 쓴다. 두 한자 모두 '쇠 금金'이 들어 있으니 쇠로 만들었거나 관련된 의미임을 알 수 있고 '아이 동童' '무거울 중重'을 통해 '동'이나 '종'으로 발음될 수 있을 것으로 추측해 볼 수 있다.

종은 종인데 경계하기 위해 울리는 종을 '경계할, 깨우칠 경警' '종 종鐘'을 써서 '경종'이라 한다. 다급함이나 위험을 알리기 위하여 치는 종, 깨우침을 주기 위해 치는 종인 것이다. '종 종鐘'

을 썼지만 위급한 일이나 비상사태를 알리는 벨소리, 사이렌 소리까지 포함한다.

"경종을 울리다"라는 관용어로 더 많이 쓰인다. 위험한 일을 미리 경계하여 주의를 환기喚起시키거나 잘못된 일에 대한 충고를 할 때 많이 사용하는데, "우리는 이번 사고를 그동안 우리 사회에 쌓인 안전불감증에 대해 경종을 울리는 계기로 삼아야 한다" "이 소설은 물질만능의 우리 사회에 경종을 울릴 것이다" 와 같은 표현으로 쓰인다.

'깨우칠 경警'은 '공경할 경敬'에 '말씀 언言'이 더해졌다. 공경하는 마음으로 말해야만 누군가를 깨우칠 수 있다고 이해해 보면 어떨까? '경警'은 경찰, 경고, 순경, 경비, 경계, 경호원, 경보기, 공습경보 등에도 쓰인다.

문해력 UP

경종(警경계할 경, 鐘종 종): 위급한 일이나 비상사태를 알리는, 종이나 사이렌 따위의 신호.

경고(警경계할 경, 告알릴 고): 조심하거나 삼가도록 경계하여 알림.

고육책이 고통을 감수하면서
만든 꾀라고?

 조조는 오나라를 공략하기 위해 장강에 수십만
대군을 배치했다. 유명한 적벽대전의 서막이다.
오나라와 형주의 연합군 총사령관인 주유는 도저히 승산이 없다고 보고
심복인 황개와 함께 거짓 항복하는 이른바 사항계를 쓰기로 했다.

황개가 자청하여 거짓 배신을 하고, 곤장 백여 대를 맞고는 진
영에서 쫓겨났다. 살갗이 터져 유혈이 낭자한 처절한 형벌이
었다. 이 모습을 전해 들은 촉나라의 제갈량은 "자신의 몸에 고통을
가하는 고육의 계책을 쓰지 않고는 조조를 속일 수 없었겠지(不用苦
肉計 何能瞞過曹操)"라고 했다고 한다. 조조 진영에서 거짓 투항
한 황개를 받아들이자, 황개는 기름을 잔뜩 실은 배를 이끌고 가서 조
조의 선단을 모조리 불태워 버렸다.

여기서 비롯된 '고육지책'은 《병법 삼십육계》의 제34계로, 제
몸을 상하게 하면서까지 꾸며내는 방책이라는 뜻이다.

어려운 상태에서 벗어나기 위한 수단으로 어쩔 수 없이 하
는 계책을 고육책苦肉策이라 하는데 고육지책苦肉之策의 줄임말
이다. '고통 고苦' '몸 육肉' '~의 지之' '책략 책策'으로, 자기 몸을
고통스럽게 하면서까지 만들어낸 책략이라는 뜻이다. 피해를
무릅쓰고서 어쩔 수 없이 택한 방책, 어려운 상태에서 벗어나기
위한 수단으로 어쩔 수 없이 선택한 방법이다. "고육책을 써서
라도 이겨야 한다." "비난을 누그러뜨리기 위한 고육책으로 풀
이된다." '고육지계苦肉之計' '궁여지책窮餘之策'도 비슷한 말이다.

'육肉'은 '고기'라는 의미로 많이 쓰이지만, 몸이나 육체라는
의미로도 많이 쓰인다. 육식肉食, 육수肉水, 정육점精肉店, 육질肉質,
과육果肉, 어육魚肉에서는 '고기'라는 의미이지만, 육안肉眼,
육성肉聲, 육친肉親, 육필肉筆에서는 '몸'이라는 의미다.

'책策'은 방법, 꾀라는 뜻으로 많이 쓰인다. 어찌할 도리나
방법이 없기에 꼼짝할 수 없음을 속수무책束手無策이라 하는데
'묶을 속束'으로 손이 묶여 있어 방책이 없다는 뜻이다. 잘못된

꾀나 방법을 '실수 실失'을 써서 실책失策이라 하고, 제일 좋은 방법이나 대책을 '꼭대기 상上'을 써서 상책上策이라 한다.

"모르는 게 상책"이라는 말이 있다. 몰라도 아무 문제가 없는데 괜히 알게 되어서 고통을 만들 때 쓰는 표현이고, 긁어 부스럼 만들 때도 사용하는 표현이다. "삼십육계 줄행랑이 상책"이라고 했다. 비겁함이라 생각했는데 지금은 현명함이라는 이야기에도 고개를 끄덕이고 있다.

문해력 UP

고육지책(苦고통 고, 肉몸 육, 之~의 지, 策책략 책):
자기 몸을 상해 가면서까지 꾸며 내는 계책이라는 뜻으로,
어려운 상태를 벗어나기 위해 어쩔 수 없이 꾸며 내는 계책을
이르는 말.

속수무책(束묶을 속, 手손 수, 無없을 무, 策책략 책):
손을 묶은 것처럼 어찌할 도리가 없어 꼼짝 못 함.

실책(失실수 실, 策책략 책): 잘못된 계책.

상책(上꼭대기 상, 策책략 책): 가장 좋은 대책이나 방책.

용퇴가 쉽지 않은 이유는
인간이기 때문

 한나라 때의 정치가 장량은 다음과 같은 유명한 말을 남겼다. "성공불거成功不居, 공성용퇴功成勇退: 무릇 성공한 사람은 그 자리에 머물려 해서는 안 되며, 공을 세우고 나면 용감하게 물러나야 한다."

사마천은 《사기》에서 '절정기에 정상에서 내려와 은퇴함으로써 자신의 몸과 명예를 지킨 대표적 인물'이라며 장량을 극찬하였다.

용퇴勇退를 결정했다고도 하고, 중진 용퇴론을 주장했다고도 한다. 어떤 일이나 자리에서 시원스럽게 물러가거나 손 떼는 일을 '용퇴'라 하는데 '용기 용勇' '물러날 퇴退'로 용기 있게 물러난다는 뜻이다. 구차하게 연연하지 않고 선뜻 직책에서 물러나는 일을 일컫는다. 후진에게 길을 열어 주기 위하여 스스로 물러날 때 많이 쓰는 표현이다. 어려운 일에 도전하고 새로운 길을 개척하는 것도 용기이지만, 물러나야 할 때 미련 없이 물러나는 것이 더 큰 용기 아닐까?

퇴직, 퇴임, 은퇴는 비슷한 말인데 '퇴'는 모두 물러나다, 물리친다는 의미다. 퇴직退職은 맡은 직책에서 물러난다는 뜻이고, 퇴임退任은 임무에서 물러난다는 뜻이다. 은퇴隱退는 '숨을 은隱'으로 숨어 살기(한가롭게 살기) 위해 물러난다는 뜻이다.

이러지도 못하고 저러지도 못하는 매우 곤란한 상태를 '진퇴양난'이라 하는데, '나아갈 진進' '물러날 퇴退' '둘 량兩' '어려울 난難'으로 나아가는 일 물러나는 일 둘 다 어렵다는 뜻이다.

문해력 UP

용퇴(勇용기 용, 退물러날 퇴): 조금도 꺼리지 아니하고 용기 있게 물러남.

은퇴(隱숨을 은, 退물러날 퇴): 직임에서 물러나거나 사회 활동에서 손을 떼고 한가히 지냄.

퇴직(退물러날 퇴, 職직분 직): 현직에서 물러남. / 비슷한말: 퇴임退任

향년을 살아 있는 사람에게 쓰면 안 되는 이유

"올해 향년 몇 세이신가요?" (X)

"저희 아버지는 향년 90세이신데 아직 정정
하십니다." (X)

"할머니는 향년 93세로 생을 마감하셨다." (O)

'향년'이라는 단어에서 향은 '누릴 향享'으로, 죽을 때까지 누
린 해라는 뜻이다. 그렇기에 이 말은 돌아가신 분에게만 써야
하고, 살아있는 사람에게는 쓸 수 없다.

"정년퇴직을 축하한다." "정년이 얼마 남았나요?" 여기서
'정'은 '정거장' '정지' '정차'라고 할 때의 '정'과 같은 의미다.
'멈출 정停' '나이 년年'으로, 멈추어야 하는 나이라는 뜻인 것

이다. 일을 멈추어도 되는 나이, 쉬어도 되는 나이, 퇴직하도록 정해져 있는 나이라는 의미로 이해하면 좋을 것 같다. 우리나라에서는 직업에 따라 다르긴 하지만 일반적으로 60세를 정년으로 하는데 특정 나이에 강제로 은퇴시키는 것은 불법이라 생각하는 나라도 적지 않다고 한다. 의학의 발달로 평균 수명이 늘어나면서 전 세계적으로 정년 연장론이 제기되고 있기도 하다.

'년年'이 향년, 정년, 청년, 소년, 장년 등에서는 '나이'라는 뜻이지만 예년, 평년, 풍년, 작년, 내년, 매년, 신년 등에서는 '해'라는 의미다. 예년은 '대부분 예例'로 이전부터 지내왔던 평상시의 해라는 뜻이다. 평년平年이라고도 한다. 일기 예보에서는, 예년과 평년 둘 다 지난 30년간 기후의 평균적 상태를 일컫는다.

소년少年이 '적은 나이'라는 뜻으로 아직 완전하게 성숙하지 않은 사내아이를 가리키지만 '촉법소년觸法少年'에서는 소녀까지 포함한다. '청년靑年' 역시 성년 남자를 가리키기도 하지만 여자까지 포함하고, '자子'가 아들을 가리키지만 딸까지 포함하는 것과 같다.

촉법소년이 무슨 뜻일까? '촉법 행위를 한 소년'의 줄임말이다. 촉법은 '닿을(범할) 촉觸' '법 법法'으로 법에 닿은 소년, 법을 범한 소년이라는 뜻인데 우리나라에서는 범죄 행위를 한 10세 이상 14세 미만의 소년을 가리킨다. 범죄 행위를 한 10세 미만은 범법소년犯法少年이라 하고, 범죄 행위를 한 14세 이상 19세 미만은 범죄소년犯罪少年이라 한다.

'늙을 노老'의 노년, '끝 말末'의 말년, '늦을 만晚'의 만년은 모두 사람의 평생에서의 마지막 부분에 해당하는 시기다. '일만 만萬'의 '만년'도 있는데 이는 아주 오랜 세월을 비유적으로 이르는 말이다. '왕년'은 뭐냐고? '갈 왕往'이니까 지나간 해, 옛날이라는 뜻이다. '방년'은 '꽃다울 방芳'으로 꽃다운 나이, 스무 살 전후의 한창인 나이다.

문해력 UP

향년(享누릴 향, 年나이 년): 한평생 살아 누린 나이. 죽을 때의 나이를 말할 때 쓴다.

방년(芳꽃다울 방, 年나이 년): 이십 세 전후의 한창 젊은 꽃다운 나이.

정년(停멈출 정, 年나이 년): 관청이나 학교, 회사 따위에 근무하는 공무원이나 직원이 직장에서 물러나도록 정해져 있는 나이.

예년(例대부분 예, 年해 년): 보통의 해. / 비슷한말: 평년平年

압권이라 할 만한
장면이 없었다고?

어떤 가수가 열 곡을 노래했는데 그중 특히 많은 박수를 받은 노래가 있다. 훌륭한 작품으로 평가받는 영화에도 모든 관객이 최고라 칭찬하는 장면이 있다. 많은 박수를 받은 노래, 최고라 칭찬받는 장면, 여러 책이나 작품 중 가장 잘된 책이나 작품을 '압권'이라 한다. 왜 압권이라 하는 걸까? '누를 압壓' '문서 권券'인데 어떻게 최고라는 뜻이 되었을까?

'한자성어'는 한자만 알면 뜻을 이해할 수 있다. 하지만 '고사성어'는 '옛 고故' '사건 사事' '이룰 성成' '말 어語'로 옛날에 일어났던 사건으로 인해 만들어진 말이기에, 사건을 알아야 의미를 이해할 수 있다. 글자만으로도 의미를 알 수 있다면 한자성

138

어漢字成語고, 사건을 알아야만 의미를 알 수 있다면 고사성어 故事成語다. '압권壓卷'은 글자만으로 의미를 이해할 수 없고 사건을 알아야 의미를 알 수 있기에 고사성이다.

옛날에는 관리가 되기 위해 과거科擧 시험을 치렀다. 감독관들은 채점 후에 가장 우수한 답안지가 맨 위에 오도록 하여 임금에게 올렸다. 당연히 다른 답지를 누르고 있는 맨 위 답지를 쓴 사람이 장원급제자다. '압권'은 '누를 압壓' '문서 권卷'으로 가장 우수한 답지가 다른 답지를 눌러 버렸다는 뜻이다. '압권'이 솜씨가 훌륭한 작품, 월등하게 뛰어난 재능, 무리 중 걸출한 사람을 일컫는 말로 쓰이게 된 이유다. "이 시야말로 이 시집에 있는 모든 작품 중에서도 '압권'이군. 정말 훌륭한 작품이야."

여럿 가운데 특출난 존재를 이르는 말에 '압권' 말고도 '군계일학', '발군', '출중'도 있다. 군계일학은 '무리 군群' '닭 계鷄' '하나 일一' '학 학鶴'으로 무리의 닭 중에 한 마리의 학이라는 뜻이다. 발군은 '빼어날 발拔' '무리 군群'이니까 무리 중에서 빼어나다는 뜻이다. '출중'은 '나타날 출出' '무리 중衆'으로 무리에서 특별하게 나타났다는 뜻이다.

'백미'도 여럿 가운데서 가장 뛰어난 사람이나 사물이라는 뜻으로 쓰인다. 중국 촉한 시절, 마씨 성을 가진 다섯 형제가 살았는데 모두 재주가 뛰어났고, 그중에서도 눈썹에 흰 털이 많이 섞여 있던 마량이 가장 뛰어난 재주를 가졌다. 이에 사람들이 "흰 눈썹을 가진 마량이 가장 훌륭하다"라고 말하였기에 이때부터 가장 뛰어난 사람이나 작품을 '흰 백白' '눈썹 미尾'를 써서 '백미'라 하게 되었다고 한다.

문해력 UP

압권(壓누를 압, 卷문서 권): 여럿 가운데 가장 뛰어난 것.

백미(白흰 백, 尾눈썹 미): 흰 눈썹이라는 뜻으로, 여럿 가운데에서 가장 뛰어난 사람이나 훌륭한 물건을 비유적으로 이르는 말.

군계일학(群무리 군, 鷄닭 계, 一하나 일, 鶴학 학): 닭의 무리 가운데에서 한 마리의 학이란 뜻으로, 많은 사람 가운데서 뛰어난 인물을 이르는 말.

발군(拔빼어날 발, 群무리 군): 여럿 가운데에서 특별히 뛰어남.

출중(出나타날 출, 衆무리 중): 여러 사람 가운데서 특별히 두드러짐.

박빙의 '박'과
박애의 '박'은 반대?

"얇은 사 하이얀 고깔은 고이 접어서 나빌레라.
파르라니 깎은 머리 박사 고깔에 감추오고"

조지훈의 <승무>라는 제목의 시 일부다. 한자를 몰랐던 중학교 시절에 '박사'를 가지고 혼자 끙끙 앓다가 교과서를 덮어 버렸다. '얇을 박薄' '비단 사紗'인 줄 알았다면 시를 더 깊게 이해하였을 것이다. '박사'라는 뜻을 알았다면 마음에 그림을 그릴 수 있었을 거고, 번뇌를 승화시키면 별빛처럼 아름다운 것이 된다는 의미를 이해해 이 시의 주제가 '세속적 번뇌의 종교적 승화'라고 쓴 답안을 고를 수 있었을 것이다.

재미있는 사람도 많고 재미있는 일도 많고 재미있는 글자도 많다. '박'도 그중 하나다. '넓을 박博'도 있지만 '엷을 박薄'도 있다. '음音'은 같아도 의미意味는 정반대인 '박'이다.

기독교 사상의 핵심은 '박애'다. '박애'가 무슨 뜻일까? '애'는 '사랑 애愛'일텐데 '박'은? '넓을 박博'이다. 박애는 널리 두루 사랑한다는 뜻이다. 박람회博覽會, 박물관博物館, 박학다식博學多識에서의 '박'도 '넓을 박'이다. 넓다, 크다, 많다, 두루 미친다는 의미로 쓰인다. '박사님'의 '박'도 '넓을 박'일까? 맞다. 널리 많은 것을 아는 사람이라는 뜻이니까. 그런데 잘못 붙여진 이름이라는 생각이 든다. 실제로는 깊이 연구하여 새로운 진실을 밝혀내야 박사博士 학위를 받을 수 있으니까.

박봉을 털어서 제자의 등록금을 대신 내주던 선생님이 있었고, 박봉을 쪼개 적금을 넣은 직장인도 많았다. '박봉'은 '엷을 박薄' '봉급 봉俸'으로 엷은(적은) 봉급이라는 뜻이다. "박빙의 승부" "박빙의 시소게임" "박빙의 차이"라는 말을 스포츠 중계방송에서 듣곤 하는데 '박빙'은 '엷을 박薄' '얼음 빙氷'이다. 아주 적거나 작음을 나타낼 때 쓰는 표현이다. 여리박빙如履薄氷이라는 말이 있다. '같을 여如' '밟을 리履'로 얇은 얼음을 밟는 것과 같다는 뜻이다. 위험한 상황을 일컬을 때 쓴다.

정독의 중요성을 이야기할 때 사용하는 말이 '박이부정博而不精'이다. '넓을 박博' '그러나 이而' '아닐 부不' '정밀할 정精'으로 널리(여러 방면에서 많이) 알지만 자세하지는 못하다는 뜻이다.

문해력 UP

박애(博넓을 박, 愛사랑 애): 모든 사람을 널리 사랑함.

박빙(薄엷을 박, 氷얼음 빙): 얇게 살짝 언 얼음. 근소한 차이를 비유적으로 이르는 말.

그 사람은 정치 개혁에
부합하지 않다고?

모르는 단어의 첫음절이 '불'이나 '부'이면 대부분 '不'을 떠올린다. 하지만 "공공의 이익에 부합해야 한다" "정치 개혁에 부합하지 않는 인물이다" "사실에 부합되지 않는 자료는 인용하지 말아야 한다"에서의 부합을 '합해지지 않는다'나 '합치하지 않는 것'이라고 생각하면 문장의 뜻이 이해되지 않는다.

부정의 뜻이 아닌 '불'과 부도 많다. "정치 개혁에 부합하는 인물"이라는 표현에서의 '부합'은 '들어맞을 부符' '합할 합合'으로 사물이나 현상이 서로 꼭 들어맞는다는 뜻이다. 어떤 것이 다른 것과 일치하거나 맞을 때 쓰는 표현이다. '부符'는 문장부

호, 의문부호, 발음부호처럼 '부호'라는 의미로 많이 쓰이지만 '부합符合'에서는 들어맞는다는 뜻이다. "사실에 부합되지 않는 자료"에서의 '부합'도 마찬가지다. 반대말에 '모순되다' '어긋나다' '불일치하다'가 있다.

'부符'는 원래 '부신符信'을 뜻한다. '부신'은 옛날, 나뭇조각에 글자를 쓰거나 그림을 그리거나 도장을 찍은 다음에 그것을 두 조각으로 쪼개어, 한 조각은 자기가 보관하고 한 조각은 상대편에게 주었다가 훗날에 그것을 서로 맞춤으로 약속된 일의 증표로 삼던 일이나 그 물건을 이르던 말이다.

오늘날에도 부신과 비슷하게 쓰이는 것이 있는데 간인間印이 그것이다. 계약서를 작성할 때 하나로 철한 서류가 서로 이어져 있음을 확인하기 위하여 종잇장 사이에 걸쳐서 도장을 찍는 일을 '사이 간間' '도장 인印'을 써서 '간인'이라 한다. 이어졌음을 확인하기 위해 사이에 찍는 도장이라는 뜻이다.

"90개국 이상이 참여하여 그야말로 명실상부한 세계 대회가 되었다" "이번 대회 우승으로 명실상부 양궁洋弓 강국임을 입증하였다" 등에 쓰인 명실상부는 '이름 명名' '열매 실實' '서로 상相' '맞을 부符'로 이름과 실제가 서로 들어맞는다는 뜻이다. 명성

과 실력, 홍보 내용과 품질, 겉모양과 내용물 등이 잘 맞았을 때
쓰는 표현이다. 반대말은 '유명무실有名無實'인데 이름은 그럴싸
하게 있지만 실속은 없다는 뜻이다. 포장은 그럴싸하나 품질은
형편없고, 겉은 화려하지만 내용은 형편없을 때 쓰는 표현이다.

문해력 UP

부합(符들어맞을 부, 合합할 합): 부신符信이 꼭 들어맞듯 사물이나
현상이 서로 꼭 들어맞음.

명실상부(名이름 명, 實열매 실, 相서로 상, 符맞을 부):
이름과 실상이 서로 꼭 맞음.

유명무실(有있을 유, 名이름 명, 無없을 무, 實열매 실):
이름만 그럴듯하고 실속은 없음.

피고와 원고 중에
누가 고발 당한 사람일까?

 법정 드라마에서 반드시 나오는 표현이 있다.

"원고 측, 발언하세요." "피고, 이의 있습니까?" "피의자, 발언하세요."

그래서 누가 범인으로 지목된 거지? 누가 잘못을 저질러서 법정에 선 걸까? 원고와 피고, 피의자라는 말이 헷갈려서 드라마를 제대로 이해하지 못한 적이 많다.

선거권이 선거에 참여하여 투표할 수 있는 권리라는 것은 알았는데, 피선거권은 무슨 말인지 어려웠다. 교회에서는 인간을 하나님의 피조물이라고 하고, 보험에서 피보험자라는 말을 쓰는 것으로 보아 대충 짐작만 할 뿐이다.

우리가 흔히 쓰는 '피'는 '당할 피被'다. 이 한자를 알면 일상에서 쓰는 말의 의미를 쉽고 정확하게 이해할 수 있다. 피고, 피해, 피지배층, 피살, 피동, 피격, 피보험자, 피조물, 피사체, 피교육자, 피의자, 피랍, 피습, 피상속인 등등.

'피랍'은 '당할 피被' '끌고갈 랍拉'으로 끌고 감을 당했다는 뜻이다. 고발을 당한 사람이기에 피고被告, 해로움을 당하기에 피해被害, 지배를 당한 계층이기에 피지배층被支配層, 죽임을 당하기에 피살被殺, 남의 힘이나 남의 의지에 의해 움직임을 당하기에 피동被動이다. 습격이나 사격을 당했기에 피격被擊, 보험의 혜택을 당한(받는) 사람이기에 피보험자被保險者, 만들어짐을 당한(받은) 물건(사람)이기에 피조물被造物이다.

'피사체'의 '사'는 '사진 사寫'이기에 피사체는 사진 찍힘을 당한 물건이라는 뜻이고, 피교육자는 교육을 당하는(받는) 사람이라는 뜻이다. 상속은 '서로 상相' '이을 속續'으로 서로 이어간다는 뜻이다. 그러하기에 재산이나 다른 것들을 물려받아 이어가는 사람이 상속인相續人인 것이다. '당할 피被'가 더해진 피상속인被相續人은 상속을 당하는 사람이라는 뜻으로 상속인에게 자기의 권리나 의무를 물려주는 사람인 것이다.

범죄를 저지른 사람을 왜 피의자라 할까? '의'는 무슨 뜻일까? '의심할 의疑'다. 의심을 당한 사람이라는 뜻이다. 범죄자로 의심당한 사람이 피의자다. 판사의 판결이 날 때까지는 범죄인이 아니니까 피의자라 한다. '용의자'와는 어떻게 다를까? '허용할 용容'으로 범죄자로 의심을 허용한 사람이라는 뜻이니까 같은 말이다.

피고의 반대는 원고인데, '처음 원原' '알릴 고告'다. 사건을 처음으로 알린 사람이라는 뜻이다.

문해력 UP

피고(被당할 피, 告알릴 고): 법률 민사 소송에서, 소송을 당한 측의 당사자.

원고(原처음 원, 告알릴 고): 법원에 민사 소송을 제기한 사람.

피랍(被당할 피, 拉끌고갈 랍): 납치를 당함.

징벌적 손해배상이
필요한 이유?

사고를 막지 못한 국가를 상대로 '손해배상' 청구 소송을 냈다고 한다. 땅 주인에게 지급하는 '보상' 금액이 지역에 따라 차이가 크다고도 한다. '배상'과 '보상'은 같을까 다를까? 당연히 다르다. 갚는다는 건 같지만 갚는 이유가 다르기 때문이다. '상'은 둘 다 '갚을 상償'이지만 '배'는 '물어줄 배賠'고 '보'는 '보충할 보補'다. '물어준다'는 말에는 잘못했다는 것이 전제되어 있지만, '보충한다'에는 잘못이 전제되어 있지 않다.

남의 권리를 침해하거나 잘못을 범한 사람이나 기관이 그 손해를 물어 주는 일은 '물어줄 배賠'를 써서 '배상'이라 한다. 잘못을 인정하여 물어준다는 뜻이다. 누구의 잘못도 아닌 상황에서 당한 손해를 보충해 주는 일을 '보상'이라 하는데, '보충할 보補'로 손해 본 것을 보충해 주기 위해 갚아 준다는 뜻이다. 국가 또는 공공단체가 적법適法한 행위로 국민이나 주민에게 끼친 재산상의 손해를 갚아 주기 위하여 제공하는 대가對價다. 잘 못하였기 때문에 주는 돈은 배상금賠償金이고, 공공사업을 위해 어쩔 수 없이 손해를 끼쳤을 때 주는 돈은 보상금補償金으로 이해하면 된다.

돈이나 물건으로 남에게 끼친 손해를 물어주는 일이 손해배상損害賠償이다. 그런데 100원 손해를 끼쳤을 때 100원을 물어주면 타당한가? 타당할 수도 있지만 타당하지 않을 수도 있다. 실수로 100원짜리 물건을 망가뜨렸을 때 100원짜리 물건을 사 주는 것은 타당하지만, 100원을 훔친 후 발각되었을 때 100원만 물어주도록 한다면 도둑 입장에서는 도둑질이 발각될지라도 손해가 없게 되어 도둑질을 멈출 이유를 찾지 못하게 된다. 발각되지 않으면 100원 이익이고 발각되어도 손해가 없기 때문이다. 100원 훔치다가 발각되었을 때 500원을 물어주도록 해야만 범죄행위에 경각심을 가진다.

'징벌'은 '벌줄 징懲' '죄 벌罰'로 잘못을 한 사람이나 단체를 벌준다는 뜻이다. 민사재판에서 가해자의 행위가 악의적이고 반사회적일 경우 실제 손해액보다 훨씬 더 많은 손해배상을 부과하는 제도가 '징벌적 손해배상'이다. 징벌해야 하기에 배상액을 많이 내도록 한다는 뜻이다. '처벌적 손해배상'이라고도 한다.

문해력 UP

배상(賠물어줄 배, 償갚을 상): 남의 권리를 침해한 사람이 그 손해를 물어 주는 일.

보상(補보충할 보, 償갚을 상): 남에게 끼친 손해를 갚음. 국가 또는 단체가 적법한 행위에 의하여 국민이나 주민에게 가한 재산상의 손실을 갚아 주기 위하여 그에 상당한 대가를 다른 물건으로 물어주는 일.

징벌(懲벌줄 징, 罰죄 벌): 옳지 아니한 일을 하거나 죄를 지은 데 대하여 벌을 줌. 또는 그 벌.

조망권도 중요한 권리다

어떤 이익을 누릴 수 있도록 법이 인정하는 힘을 권리權利라 하는데 우리가 누릴 수 있는 권리에는 평등권, 자유권, 참정권, 사회권, 청구권적 기본권이 있다. 자유권自由權에는 신체의 자유, 언론 출판 집회의 자유, 사생활과 비밀의 자유가 있고, 사회권社會權에는 교육권, 근로권, 환경권이 있다. 참정권은 '참여할 참參' '정치 정政'으로 정치 활동에 직·간접적으로 참여할 수 있는 권리인데, 선거권選擧權, 피선거권被選擧權이 그것이다.

근래에 중요한 권리로 인식된 조망권도 우리가 누려야 할 권리다. '바라볼 조眺' '멀리 내다볼 망望' '권리 권權'으로 멀리

내다보는 것을 향유享有할 수 있는 권리다. 조망권은 고층 빌딩이나 아파트가 여기저기 세워지면서 생겨난 권리인데, 거실 창문을 통해 외부를 볼 때 하늘이 얼마나 보이는지를 의미하는 천공조망권天空眺望權과 거실 창을 통해 보이는 주변 경관을 의미하는 경관조망권景觀眺望權이 있다.

조망권의 범위는 창에서 밖을 내다보았을 때 보이는 경관 가운데 녹지, 건물, 대지, 하늘이 차지하는 비율을 분석해 백분율로 표시한다. 자기가 생활하는 공간에서 외부 공간을 얼마나 조망할 수 있는가에 따라 주거 환경도 달라지고 건물 가격도 달라질 수 있기에 요즘에는 분쟁도 자주 일어난다.

일조권은 햇빛을 받아 쬘 수 있는 권리다. '태양 일日' '비출 조照' '권리 권權'으로 태양을 내 집에 비출 수 있는 권리다. 이웃하는 건물 때문에 자기 집에 햇볕이 충분히 들지 않아서 생기는 신체적, 정신적 피해에 대하여 보상을 주장할 수 있는 권리를 말한다.

'권權'이 조망권, 일조권에서는 '권리'라는 뜻이지만 '권력'이라는 의미로 더 많이 쓰인다. 권력자權力者, 정권政權, 권위權威, 기득권旣得權, 공권력公權力, 패권覇權, 중앙집권中央集權, 관권官權

등이 그것이다. '권權'은 권세, 권력, 권리라는 뜻 이전에 저울추, 저울질하다, 분별하다, 고르게 하다, 임시로, 대리한다는 뜻으로 먼저 쓰였다. 권력자들이 머리와 가슴에 새겨야 할 내용이 아닐까 생각해 본다.

문해력 UP

조망권(眺바라볼 조, 望내다볼 망, 權권리 권): 먼 곳을 바라볼 수 있는 권리.

일조권(日태양 일, 照비출 조, 權권리 권): 태양 광선을 확보할 수 있는 권리.

약진은 강진의 반대말 아니냐고?

"이번에 응시한 일, 잘 안 됐다는 소식 들었다.
실패를 약진의 발판으로 삼으면 웃을 수 있단다.
힘내라."

한 청년이 응원의 메시지를 받았는데, '약진'이 먼지 이해를 못해 한참을 들여다봤다고 한다. 약진이 강한 지진의 반대말로 약한 지진이라는 뜻인지, 아니면 약하게 전진하라는 의미인지 헷갈렸다고 했다. 둘 다 맞는 뜻이 아닌 것 같은데, 대충 잘하라는 의미일 테니 감사하다고 답하고 말았다는 이야기다.

'약진'의 '약'은 '뛸 약躍'인데, '발 족足' '깃털 우羽' '새 추隹'가 합해진 글자다. 발로 뛰긴 뛰는데 깃털이 있는 새가 날아가는 것처럼 뛴다는 뜻으로 이해해 본다. '뛸 약躍'은 활약活躍, 비약飛躍, 도약跳躍처럼 뛰다, 뛰어오르다, 뛰어넘다라는 의미로 쓰인다. "비약적으로 발전했다"에서처럼, 말이나 생각 등이 일정한 단계나 순서를 따르지 않고 건너뛰는 일, 또는 빠른 속도로 발전하거나 향상되어 높은 수준이나 단계로 나아가는 일을 '비약'이라 하는데 '날 비飛' '뛸 약躍'으로 날고 뛴다는 뜻이다.

육상 경기는 '땅 육陸' '위 상上'으로, 땅 위에서 하는 경기라는 뜻이다. 육상 경기는 필드(달리기)와 도약(뜀뛰기)과 투척(던지기) 세 가지로 나뉜다. 높이뛰기, 멀리뛰기, 장대높이뛰기, 세단뛰기는 '뛸 도跳' '뛸 약躍'의 도약경기다. '투척'은 '던질 투投' '던질 척擲'이기에 해머던지기, 포환던지기, 원반던지기, 창던지기가 투척경기다.

"일약 스타가 되었다"라고 하는데 '하나 일一' '뛸 약躍'의 '일약'은 지위나 등급이 한 번에 높이 뛰어올랐다는 뜻이다. 기뻐서 크게 소리를 치며 날뛰는 일을 '환호작약'이라 하는데 '기쁠 환歡' '부를 호呼' '참새 작雀' '뛸 약躍'으로 기뻐서 소리 지르며 참새처럼 뛴다는 뜻이다.

'약진'의 '진'은 '나아갈 진進'이다. '걸음 보步'가 더해진

진보進步는 정도나 수준이 나아지거나 높아짐을 일컫는다. 앞으로 나아간다고 해서 '앞 전前'의 전진前進이고, 뒤쪽으로 나아가는 일이나 발달이 뒤지는 일은 '뒤, 늦을 후後'의 후진後進이다.

새로 만든 배를 물에 띄울 때 행하는 의식을 '진수식'이라 하는데 '나아갈 진進' '물 수水' '의식 식式'으로 물로 나아가는 의식이라는 뜻이다. 과세 대상의 수량이나 가격이 올라가는 것에 따라 점차 증가하도록 정한 세율을 '누진세'라 하는데 '늘 루累' '나아갈 진進' '세금 세稅'로, 수량이나 가격이 늘수록 세금의 양도 높은 비율로 나아간다는 뜻이다.

시간의 시, 분, 초, 각도의 도, 분, 초 등은 육십진법六十進法이 적용된다. 10이 되면 한 단계 올라가는 것은 십진법十進法이고 60이 되면 다음 단위로 나아가는 방법은 60진법이다.

문해력 UP

약진(躍뛸 약, 進나아갈 진): 힘차게 앞으로 뛰어 나아감. 빠르게 발전하거나 진보함.

비약(飛날 비, 躍뛸 약): 나는 듯이 높이 뛰어오름. 지위나 수준이 갑자기 빠른 속도로 높아지거나 향상됨.

연착륙은 연속해서 착륙하는 일이 아니라고?

 운전을 배울 때 가장 어려운 일은 부드럽게 멈추는 일이다. 비행기를 조종할 때도 마찬가지 아닐까? 조종사가 가장 많이 긴장하는 순간 역시 착륙할 때일 것이다. 착륙은 '붙을 착着' '땅 륙陸'으로 땅에 붙는 일이다. '부드러울 연軟'이 더해진 연착륙은 하늘을 날던 비행기가 부드럽게 땅에 붙는(닿는) 일이고.

아는 만큼 보인다고 했는데 아는 만큼 행복하기도 하다. '부드러울 연軟'을 알게 되면 행복지수가 조금은 올라갈 수 있다. 연체동물軟體動物, 유연성柔軟性, 연골軟骨, 연고軟膏의 '연'이 '부드러울 연軟'임을 알게 되었을 때 맛보는 깨달음의 기쁨은 결코 적지 않으니 말이다. '연軟'은 색色 이름에도 많이 쓰이는데 물론 부드럽다는 뜻이다. 어떤 색의 이름 앞에 '연'이 붙으면 그 색보다 부드러운 색을 나타낸다. 연분홍軟粉紅, 연두軟豆, 연초록軟草綠, 연녹색軟綠色, 연회색軟灰色, 연갈색軟褐色 등이 그것이다.

물렁물렁하게 잘 익은 감을 '붉을 홍紅'을 써서 '홍시紅柿'라고도 하지만 '부드러울 연軟'을 써서 연시軟柿라고도 한다. 물에 들어있는 칼슘, 마그네슘 등과 같은 양이온을 제거하여 광물질을 함유하지 않은 물로 만드는 기구를 연수기軟水器라 하는데, 물을 부드럽게 하는 기구라는 뜻이다. 살갗에 바르는 부드러운 약제를 연고軟膏라 한다. 연고의 '고'는 '고약 고膏'인데 고약은 종기나 상처에 붙이는 끈끈한 약이다.

배구 중계방송을 보다 보면 중계 아나운서가 "연타 성공!"을 외치는 경우가 있다. '이을 연連' '때릴 타打'로 생각하여 이어 때리기로 이해하는 사람이 많은데, 아니다. '강할 강強'의 '강타強打'와 상대되는 뜻으로, 비어 있는 공간으로 부드럽게 때리는 공격을 일컫는다. 이어 때린다는 '연타連打'가 아니라 부드럽게 때린다는 '연타軟打'인 것이다.

비행하던 물체가 착륙할 때, 비행체나 탑승한 생명체가 손상되지 않도록 속도를 줄여 충격 없이 가볍게 내려앉는 일을 연착륙이라 한다고 하였다. 이 '연착륙'이 경제 상황을 설명할 때도 쓰이는데, 이때의 연착륙은 급격한 경기 침체나 실업 증가를 발생시키지 않으면서 경기가 서서히 안정기에 접어드는 일이라는 뜻이다.

문해력 UP

연착륙(軟부드러울 연, 着붙을 착, 陸땅 륙): 비행하던 물체가 착륙할 때, 비행체나 탑승한 생명체가 손상되지 아니하도록 속도를 줄여 충격 없이 가볍게 내려앉음.

연타(軟부드러울 연, 打때릴 타): 배구 경기에서 힘을 빼고 커트cut하는 기분으로 가볍게 치는 스파이크를 말한다. 주로 강하게 스파이크 하는 것처럼 하다가 상대편을 속이며 하는 공격 방법이다.

연타(連이을 연, 打때릴 타): 계속하여 때리거나 침.

소급해서 좋은 경우도 있고
나쁜 경우도 있다

 초등학교 시절, 비료를 많이 뿌려서는 안 된다는 아버지의 말씀을 어기고 아버지 몰래 많이 뿌렸다. 비료를 많이 주면 많이 수확할 수 있다고 생각해서였다. 가을에, 내가 비료를 많이 준 곳의 벼는 열매를 제대로 맺지 못하고 타죽어 있었다. '과유불급過猶不及'이었다.

공부도 마찬가지다. 무조건 오래 공부한다고 성적이 좋은 것은 아니다. 생각할 시간, 소화할 시간, 익힐 시간을 충분히 갖고, 수면 부족으로 집중력이 떨어지는 일도 없어야 한다.

'법률불소급원칙法律不遡及原則'이 있다. 법은 그 법이 만들어지기 이전에 발생한 사실에 대해서는 소급하여 적용하지 않는다는 원칙이다. '소급'이 뭐냐고? '거슬러 올라갈 소遡' '미칠 급及'으로 과거까지 거슬러 올라가서 일이 미치도록 한다는 뜻이다. 그러니까 '아닐 불不'이 더해진 '불소급'은 지난 일에까지 거슬러 올라가 미치지 않는다는 말이다. 길동이가 지난 달에 A라는 행위를 하였는데, 이번 달에 A라는 행위를 하게 되면 징역 3년을 받게 된다는 법이 새로 만들어졌다면 길동이는 처벌을 받지 않아도 된다는 원칙이 법률불소급원칙인 것이다.

왜 이런 원칙이 만들어졌을까? 만약 유효하게 취득한 권리나 적법하게 성립한 행위를 일이 벌어진 이후에 제정된 법으로 박탈하거나 처벌한다면, 내 행위가 언젠가는 범법이 될 수 있다는 생각에 법을 믿고 지켜 온 사람들의 불안은 높아지고 사회의 안정은 깨지게 된다. 소급금지원칙遡及禁止原則이라고도 한다.

소급해서 손해가 되는 때도 있지만 소급해서 이익이 되기도 하는데 이때는 '소급입법'을 하기도 한다. 추후에 제정한 법을 법 제정 이전의 사실까지 소급하여 적용할 수 있게 하는 입법이 소급입법遡及立法이다. 보험 계약을 맺을 때, 이전의 어떤 시기까지 소급되는 보험을 소급보험遡及保險이라 하고, 새로운 해석이나 관행에 따라 소급하여 과세하는 일을 소급과세遡及課稅라 한다. '과세'는 '매길 과課' '세금 세稅'로 세금을 매기는 일이다.

인간은 너나없이 어리석다. 하루에도 서너 번씩 자신의 어리석음을 발견하고 실없이 웃을 때가 있다. 어리석음 중 하나는 과유불급過猶不及이 진리임을 모르는 것이다. '지나칠 과過' '같을 유猶' '아닐 불不' '미칠 급及'의 과유불급은 지나침은 미치지 못함과 같다는 뜻이다. 중용中庸의 중요성을 강조하는 말이다. 과식過食, 과음過飮, 과욕過慾 또한 건강을 해친다. 과속過速은 생명까지 해칠 수 있다.

문해력 UP

소급(遡거슬러올라갈 소, 及미칠 급): 과거에까지 거슬러 올라가서 미치게 함.

과세(課매길 과, 稅세금 세): 세금을 정하여 그것을 내도록 의무를 지움.

구상권도 저항권도
우리가 누릴 권리

"야야, 이것 좀 봐봐."

"말 시키지 마. 나 지금 집중해야 해."

"말도 못 거냐. 이것 좀 보라고."

"나 묵비권 행사할 거야. 조용히 해."

"네가 범죄자냐? 무슨 묵비권이야."

"야, 범죄자도 묵비권을 행사할 수 있는데, 나는 당연히 가능한

거 아니냐? 이제부터 답 안 할 거니까 그러려니 해!"

우리에게는 누군가의 질문에 답하지 않아도 될 권리, 묵비권
黙祕權이 있다. 몇 년 전부터는 묵비권 외에 다른 권리도 사용
하기 시작하였다. 저항권抵抗權이 그것이다. 그동안 이런저런

이유로 깊이 감춰두고 꺼낼 용기가 없었던 "안 됩니다" "못합니다" "저는 반대합니다" "동의할 수 없습니다" "제 생각은 다릅니다"를 꺼내 들기 시작한 것이다. 이러한 권리를 활용하면서 자유와 행복과 평화와 인간다움을 만끽하고 있다.

우리에게 주어진 권리 중에 '구상권'도 있다. '요구할 구求' '보상 상償' '권리 권權'으로 보상을 요구할 수 있는 권리다. A가 B에게 돈을 갚아야 하는데 C가 대신 갚아준 후에 C가 A에게 돈을 달라고 요구할 수 있는 권리가 구상권求償權이다. 내가 너의 빚을 갚아준 것만큼 나는 너에게 보상받을 권리가 있다는 이야기다. 국가소송에서는 공무원의 불법행위로 피해를 본 사람에게 배상금을 먼저 지급한 뒤 실제 불법행위에 책임이 있는 공무원을 상대로 배상금을 청구하는 권리를 말하기도 한다.

'권權'은 '권력'이라는 뜻과 '권리'라는 뜻으로 많이 쓰인다. 군사정권軍事政權, 권력형비리權力型非理, 권위주의權威主義, 패권주의覇權主義, 집권執權, 금권선거金權選擧, 권력남용權力濫用 등에서는 '권력'이라는 뜻이다. 그런데 인권人權, 자유권自由權, 평등권平等權, 참정권參政權, 소유권所有權, 재산권財産權, 저작권著作權 등에서는 '권리'라는 뜻이다.

남을 자기 뜻대로 움직이거나 지배할 수 있는 공인된 힘은 권력權力이고, 어떤 일을 주체적으로 자유롭게 처리하거나 타인에 대하여 당연히 주장하고 요구할 수 있는 자격이나 힘은 '권리權利'다.

문해력 UP

묵비권(黙잠잠할 묵, 祕숨길 비, 權권리 권): 피고인이나 피의자가 수사 기관의 조사나 공판의 심문에 대하여 침묵하고 숨길 수 있는 권리.

저항권(抵거스를 저, 抗겨룰 항, 權권리 권): 법치 국가에서, 기본 질서를 침해하는 국가의 공권력 행사에 대하여 거스르고 겨룰 수 있는 권리.

구상권(求요구할 구, 償보상 상, 權권리 권): 다른 사람을 위하여 그 사람의 빚을 갚은 사람이 다른 연대 채무자나 주된 채무자에게 상환을 요구할 수 있는 권리.

순연해야만 하는 상황이었으니
이해하라는데

 춘추시대 노魯나라에 미생尾生이라는 사람이
있었는데, 사랑하는 여자와 다리 밑에서 만나
기로 약속했다. 시간이 지나도 여자는 오지 않았고 갑자기 내린 비
로 빗물이 차오르기 시작했다. 미생은 약속을 지키기 위해 자리를
떠나지 않았고, 결국 물에 떠밀려 죽고 말았다. 여기서 나온 말이
'미생지신尾生之信'이다. 미생이라는 사람의 믿음이라는 뜻이다.

친구와 12시에 만나기로 약속했는데 11시에 어머니께서 쓰
러지셨다. 그 누구도 이 상황에서 약속을 지키는 것이 중요하
니까 약속 장소에 나가야 한다고 이야기하지는 않을 것이다.
약속은 지켜야 하지만 부득이한 상황에서는 지키지 않을 수도

있어야 한다. 약속대로 하지 않고 정해진 시간이나 날짜를 차례로 늦추는 일을 '순연'이라 하는데, '차례 순順' '미룰 연延'으로 차례로 미룬다는 뜻이다. "기말고사가 순연될 상황이다." "오늘 경기는 경기장 사정으로 순연되어 내일 오전에 열린다." 비 때문에 다음날로 연기함을 '우천순연雨天順延'이라 한다.

'순順'은 온순하다, 따르다, 차례라는 뜻으로 많이 쓰인다. 순응順應, 순산順産에서는 온순하다는 뜻이고, 귀순歸順, 순풍順風, 순기능順機能, 순접順接에서는 따른다는 뜻이며, 순서順序, 선착순先着順, 식순式順, 타순打順, 영순위零順位에서는 차례라는 뜻이다.

'연延'은 끌다, 늘인다는 의미로 쓰이는데 숫자를 종합한다는 의미로도 많이 쓰인다. 지연遲延, 연장전延長戰, 연기延期, 연체延滯, 연착延着에서는 끌다, 늘인다는 의미다. 연인원延人員, 연건평延建坪에서는 숫자를 종합한다는 의미다.

문해력 UP

순연(順차례 순, 延미룰 연): 차례로 기일을 늦춤.

물가는 보합,
증시는 반등하면 좋겠다

"뉴욕 증시, 급락세 후 보합권에서 마감."

"육류 가격은 보합세지만 과일 가격은 급등했다."

경제 기사에서 자주 등장하는 '보합'이라는 단어는 때로는 긍정적으로, 때로는 부정적으로 읽힌다. 물가는 안정되어야 하기에 '보합'이라는 표현이 반갑고, 내가 가진 주식과 증시는 상승세로 가기를 바라기에 '보합'이라는 표현이 불편하다. 그렇다면 '보합'은 정확하게 어떤 의미일까? 이와 함께 나오는 '반등' '급등' '급락' 등의 의미도 제대로 알아야 경제 기사를 좀 더 잘 이해할 수 있게 될 것이다.

거의 변동 없이 그대로 유지되는 시세를 '보합세'라 하는데 '지킬 보保' '적합할 합合' '형세 세勢'로 적합함이 지켜지는 형세라는 뜻이다. 제자리걸음이라는 뜻인데 멈춤세, 보합장세, 주춤세라고도 한다. '시세'는 '때 시時' '형세 세勢'로 그 당시의 형세라는 뜻이다. 일정한 시기의 물건값을 가리킨다.

보합保合의 반대는 '오를 등騰' '떨어질 락落'의 등락이다. 급하게 오름은 '급할 급急'의 급등急騰이고 급하게 내림은 급락急落이다. 오르거나 내리는 비율을 등락률騰落率이라 하고, 오르고 내리는 범위를 등락폭騰落幅이라 한다.

증권 시장에서는 가격 변동 폭이 확대되어 지수가 급격히 하락할 때 시장 참여자에게 투자를 냉정하게 판단할 수 있는 시간을 제공하기 위해 거래를 일시적으로 중단하는데, 이 제도를 '서킷 브레이커circuit breaker'라 한다. 순환되고 있는 것을 멈추게 만든다는 뜻이다. '일시매매정지'라고도 한다. 물가나 주식 등의 시세가 떨어지다가 오르는 것을 '돌이킬 반反'을 써서 반등이라고 한다.

가격은 어떻게 결정되는가? 가치와 생산비와 품질로 결정되기도 하지만, 대부분 수요와 공급에 따라 결정된다. 수요가 많으면 가격이 올라가고, 공급이 많으면 가격이 내려간다. 흔한 경우는 아니지만 '싼 게 비지떡'이라는 말을 진리라고 믿는 인간의 어리석음을 이용하기도 한다. 가격이 저렴하면 무조건 품질이 떨어지고 가격이 비싸면 품질이 좋다고 생각하는 심리를 이용하여 가격을 생산비나 가치에 비해 높게 정하는 경우다.

　매점매석을 하면 돈을 많이 벌 수는 있다. 물론 잠깐이다. 비양심적인 방법이고 낭패를 자초하는 어리석은 짓이다. '매점매석'은 '살 매買' '차지할 점占' '팔 매賣' '아낄 석惜'으로 차지하여 (몽땅) 사서 아껴서(조금씩) 판다는 뜻이다. 전국에 있는 물건을 몽땅 사서 창고에 보관해 둔다. 물건이 없으니(귀하게 되니) 값이 오른다. 꼭 필요한 사람은 몇십 배 비싸더라도 사야만 한다. 샀던 금액보다 몇십 배 비싸게 아주 조금씩 팔아서 돈을 번다. 이는 허생이 돈을 벌었던 수법이기도 했다. 국제 무역이 이루어지지 않았던 때였기에 가능한 수법이었다.

문해력 UP

보합(保지킬 보, 合적합할 합): 시세가 거의 변동 없이 계속되는 일.
등락(騰오를 등, 落떨어질 락): 물가 따위가 오르고 내림.
반등(反돌이킬 반, 騰오를 등): 물가나 주식 따위의 시세가 떨어지다가 오름.

네 번째 수업

비슷해 보이지만
혼동하기 쉬운 한자 어휘

실업가와 실업자,
한 글자에 이렇게 다른 뜻이?

곤욕을 치른 이유를 몰라
곤혹스럽다고

 '곤욕을 치렀다'가 맞을까, '곤혹을 치렀다'가 맞을까? '곤욕스럽다'가 맞을까, '곤혹스럽다'가 맞을까? 외운다고 외워지지 않는다. 외웠다고 해도 곧바로 헷갈리게 된다. 이해해야 암기가 쉽고 암기도 오래 지속되며 헷갈리지 않는다.

곤욕의 '곤'과 곤혹의 '곤'은 똑같이 괴롭다, 난처하다는 뜻의 '곤困'을 쓴다. 빈곤貧困, 피곤疲困, 곤란困難, 곤경困境, 곤궁困窮, 춘곤증春困症, 식곤증食困症 등에 쓰인다.

문제는 '욕'과 '혹'이다. '욕辱'은 "욕하지 말라" "모욕侮辱을 당했다" "굴욕屈辱을 참아냈다"에서의 '욕'이다. 욕되게 하다,

수치, 더럽힌다는 뜻의 '욕'이다. 이와 달리 '혹惑'은 '당혹當惑' '의혹疑惑' '유혹誘惑' '현혹眩惑'에서의 '혹'이다. 헷갈리다, 의심하다, 어두워진다는 뜻으로 쓰인다. 말을 잘못하면 오랫동안 곤욕을 치러야 하고, 예상치 못한 질문을 받으면 곤혹스러울 수밖에 없다고 이해하면 쉽다.

'곤욕困辱'은 괴롭고 수치스럽고 더럽힘을 당했다는 뜻이고, '곤혹困惑'은 기운 빠지는 일을 당해 헷갈리고 의심스럽고 어지럽다는 뜻이다. 모욕을 느끼는 일은 '곤욕'이고, 곤란한 일을 당해 헷갈리고 어찌할 바 모르는 일은 '곤혹'이다. 싫은 사람과 함께할 때는 곤욕스럽고, 모르는 단어를 만나거나 이해하기 어려울 때는 곤혹스럽다. "곤욕을 치렀다" "곤혹스럽다"가 맞는 표현이다.

문해력 UP

곤욕(困괴로울 곤, 辱욕될 욕): 심한 모욕, 또는 참기 힘든 일.

곤혹(困괴로울 곤, 惑의아할 혹): 곤란한 일을 당하여 어찌할 바를 모름.

담합도 나쁘고
지나친 단합도 나쁘다

무슨 일이나 그것을 하는 사람들이 서로 힘을 합해야 성과를 낼 수 있다. 단합대회라는 이름으로 모이는 경우가 많다. 여러 사람이 일정한 때에 일정한 자리에 모여 한마음 한뜻이 되기 위해 가지는 행사라는 뜻이다. 단합을 강화하기 위한 목적일 텐데 잦으면 오히려 단합을 깨뜨리게 되는 경우가 많다. 지나침은 미치지 못한 것과 같다는 '과유불급過猶不及'이 단합에도 적용된다고 할 수 있겠다.

입찰 참가자끼리 서로 의논하여 가격이나 낙찰자 등을 정하는 일을 '담합'이라 한다. '말할 담談' '합할 합合'으로 말하는 내용을 하나로 합하였다는 뜻이다. 서로 의논하여 생각이나 행동을 통일시켰을 때 쓰는 표현이다. '합의合意', '야합野合', '짬짜미'라고도 한다.

비슷한 발음에 '단합'이 있는데 '모일 단團' '합할 합合'으로 전체가 하나로 모여 한 덩어리로 합하였다는 뜻이다. 한마음 한 뜻으로 여러 사람이 하나로 뭉치는 일을 말한다. 많은 사람이 마음과 힘을 한데 뭉쳤을 때 쓰는 표현이다. 단결團結, 협동協同, 연대連帶, 결집結集과 비슷한 뜻이다.

담합과 단합이 헷갈린다고 말하는 사람이 있는데 '담'은 "담소를 나누다"라는 표현처럼 '말할 담談'을 쓰고, '단'은 '단체'라는 표현에서처럼 '모일 단團'을 쓴다는 사실만 알면 보다 쉽다. 둘 다 '합할 합合'이기에 합하는 일이지만, 말을 하나로 합하는 것은 '말씀 담談'을 써서 담합談合이고, 모여서 하나로 합하는 일은 '모일 단團'을 써서 단합團合이라 하는 것이다.

하나로 합하는 일이 좋은 것 같지만 나쁜 경우도 많다. 글자로는 말을 합하였다는 뜻이지만, 실제로는 남들 모르게 자기들끼리 짜서 자기 이익을 많게 하려는 것인데, 결국 누군가에게 피해를 주는 일이 되기 때문이다.

사업자가 계약이나 협정 등의 방법으로 다른 사업자와 짜고 남몰래 물건값을 결정하는 행위를 가격담합價格談合이라 하고, 경매나 입찰에 참여하는 사람들이 자신의 이익을 위해 입찰 가격이나 낙찰자를 미리 정하는 행위를 담합행위談合行爲라 한다. 경쟁입찰 때에 경쟁자끼리 미리 입찰 가격이나 낙찰자 등을 정하는 일도 범죄인데 이런 범죄를 담합죄談合罪라 한다.

문해력 UP

담합(談말할 담, 合합할 합): 경쟁 입찰을 할 때에 입찰 참가자가 서로 의논하여 미리 입찰 가격이나 낙찰자 따위를 정하는 일.

단합(團모일 단, 合합할 합): 많은 사람이 마음과 힘을 한데 뭉침.

개발뿐 아니라 계발에도 힘쓸 것

'개발'과 '계발'. 글자와 발음만 비슷한 것이 아니라 뜻도 비슷하다. 둘 다 발전시키는 일, 더 좋게 만드는 일이기 때문이다. 하지만 '개발'을 써야 하는 곳에 '계발'을 쓰면 안 되고, '계발'을 써야 하는 곳에 '개발'을 써도 안 된다. 의미도 쓰임도 분명히 다르니까.

'개발'은 '열 개開' '일어날 발發'로 닫혔던 것을 열리게 하고 누워 있던 것을 일어나게 한다는 뜻이다. 연구하여 새로운 것을 만들어내는 일, 자원을 개척하여 유용한 것으로 만들어내는 일, 산업이나 경제를 흥하도록 발전시키는 일 등을 '개발開發'이라 한다.

'계발'은 '일깨울 계啓' '일어날 발發'이다. 재능이나 정신 등을 일깨워 어리석음에서 일어나도록 해주는 일이다. 재능, 호기심, 잠재력 등을 일깨워서 스스로 일어서도록 도와준다는 뜻이다.

그래도 헷갈린다면 방법은 있다. '계몽' '개척'을 떠올리자. '계몽'에서는 '계'를, '개척'에서는 '개'를 쓰는 건 헷갈리지 않을 것이다. 지식 수준이 낮거나 인습에 젖은 사람의 정신을 깨우치는 일은 '어리석을 몽蒙'의 '계몽啓蒙'이고, 거친 땅을 일구고 새로운 영역을 처음으로 열어나가는 일은 '넓힐 척拓'의 개척開拓이라는 사실은 기억하기 쉽다.

물질적인 면을 좋게 만드는 일은 '개발'이고, 정신적인 면을 좋게 만드는 일은 '계발'이라고 이해할 수도 있다. 그러하기에 국토 개발, 기술 개발, 경제 개발, 지역 개발, 로봇 개발, 신제품 개발, 재개발, 프로그램 개발이라 하고, 능력 계발, 자기 계발, 계발 활동, 계발 교육, 소질 계발이라 한다.

'개발부담금開發負擔金'이라는 것이 있다. 불로소득으로 증가한 토지 가치에 대하여 국가가 그 개발로 발생한 차익差益의 일정 부분을 부담금으로 환수還收하는 제도다. 토지 투기를 방지하고 효율적인 이용을 촉진하기 위해 국가가 개발부담금 부과 대상 사업 지역에서 발생하는 개발이익을 징수하는 일을 말한다.

개발제한구역開發制限區域도 있다. 개발을 제한하는 구역, 개발을 허락하지 않는 구역을 일컫는다. 도시의 무질서한 확산을 방지하고, 자연환경을 보전하기 위하여 설정한 녹지대綠地帶다. 그린벨트greenbelt라고도 하는데, 이 구역 내에서는 건축물의 신축, 증축, 용도변경, 토지의 형질변경, 토지분할 등의 행위가 제한된다.

문해력 UP

개발(開열 개, 發일어날 발): ① 새로운 것을 연구하여 만들어 냄.
② 자원 따위를 개척하여 유용한 것으로 만듦.
③ 산업이나 경제 따위를 흥하도록 발전시킴.

계발(啓일깨울 계, 發일어날 발): 슬기나 재능, 사상 따위를 일깨워 줌.

실업가가 실업자를 위해
노력하면 좋겠다고?

 헌법 제32조는 모든 국민은 근로의 권리를 가진다고 명시한다. 국가는 사회적·경제적 방법으로 근로자의 고용 증진과 적정 임금 보장에 노력하여야 하며, 법률이 정하는 바에 의하여 최저임금제를 시행하여야 한다고도 밝힌다. 국가가 국민에게 일할 기회를 주어야 한다는 이야기이지만 실업가가 실업자에게 일할 기회를 주어야 한다고 이해해도 좋을 것 같다. 실업가와 실업자, 같은 '실업'인데 뜻은 전혀 다르다. 어떻게 다른지 이해해 보자.

'잃을 실失' '일 업業'으로 일을 잃었다는 '실업'이 있고, '열매 실實' '일 업業'으로 일로써 열매를 맺었다는 '실업'도 있다.

규모가 큰 상공업商工業이나 금융업金融業 등의 사업을 경영하는 사람을 '실업가'라 하는데 '열매 실實' '일 업業' '전문가 가家'로 일을 크게 벌여서 열매 맺게 하는 전문가라는 뜻이다. 일자리를 잃은 사람과 아직 일자리를 얻지 못한 사람을 통틀어 '실업자'라 하는데 '잃을 실失' '일 업業' '사람 자者'로 할 일을 잃어버린 사람이라는 뜻이다.

'자者'와 '가家'는 둘 다 사람을 가리키는데, 어떠한 차이가 있을까? '자者'는 일반 사람을 가리키고, '가家'는 전문가를 가리킨다. 환자患者, 소비자消費者, 생산자生産者, 독자讀者, 노동자勞動者, 근로자勤勞者, 피해자被害者, 시청자視聽者, 유권자有權者는 보통 사람이다. 하지만 작가作家, 화가畫家, 조각가彫刻家, 소설가小說家, 비평가批評家, 사상가思想家, 사업가事業家, 투자가投資家, 연출가演出家, 작곡가作曲家는 전문가다. '가家'는 건물, 가정, 가족, 집안, 친척으로도 쓰이지만 전문가라는 의미로도 쓰이는 것이다. 그런데 모두는 아니다. 학자, 철학자처럼 '자者'를 쓴 전문가도 있다.

철강, 석탄, 전력, 조선업 등 다른 산업을 발전시키는 데 꼭 필요하며, 한 나라 산업의 기초를 이루는 산업을 기간산업

基幹産業이라 한다. '기초 기基' '줄기 간幹'으로 기초가 되고 줄기가 되는 산업이라는 뜻이다. 지식을 생산, 처리, 전파하는 모든 산업, 그러니까 교육, 출판, 언론, 방송, 정보, 통신 등에 관련된 산업을 지식산업知識産業이라 하고, 수출품을 생산하는 산업을 수출산업輸出産業이라 한다.

문해력 UP

실업가(實열매 실, 業일 업, 家전문가 가): 상공업이나 금융업 따위의 사업을 경영하는 사람.

실업자(失잃을 실, 業일 업, 者사람 자): 경제 활동에 참여할 연령의 사람 가운데 직업이 없는 사람.

규명할 건 규명하고
구명할 건 구명하자

인간에게는 알고 싶은 욕구가 있다. 진상을 알고 싶어 하고, 본질이나 원인도 알고 싶어 한다. "진상을 규명해야 한다"라고 하는데 '진상'은 '참 진眞' '모양 상相'으로 일이나 사물의 참된 내용이나 모습이다. '규명'은 '밝힐 명明' '얽힐 규糾'로 얽힌 것을 밝히는 일이다.

'규명'은 얽히고 꼬인 것, 또 감춰진 것을 풀어서 밝힌다는 의미다. 주로 사건과 관련하여 쓰인다. 노동자와 사용자 사이에 이해관계가 충돌하면서 일어나는 여러 가지 문제를 노사분규勞使紛糾라 하는데 이때의 '규'도 '얽힐 규糾'다. '분'은 '어지러울 분紛'이기에, 분규는 이해나 주장이 뒤얽혀서 어지럽게 얽혀 있다는 뜻이다. 말썽이 많고 시끄러운 상황으로 이해해도 괜찮을 것 같다. 다가올 일을 미리 짐작하는 밝은 지혜를 선견지명先見之明이라 하는데, 앞을 내다볼 수 있는 현명함이라는 뜻이다. '명약관화'는 '밝을 명明' '같을 약若' '볼 관觀' '불 화火'로 밝기가 불을 보는 것과 같다는 뜻으로, 어떤 일이 분명하고 뻔할 때 쓴다.

규명糾明과 음도 뜻도 비슷한 말에 '구명'이 있다. '연구할 구究' '밝힐 명明'으로 본질이나 원인 등을 깊이 따지고 연구하여 밝힌다는 뜻이다. 학문적인 분야에 많이 쓰는데 어떤 연구 분야를 파고들어 연구하여 새로운 사실을 밝혀내고자 함을 이른다.

'구명'의 동음이의어에 '구할 구救' '목숨 명命'도 있다. 위태로운 상황에 있는 사람의 목숨을 구하는 일을 일컫는다. '구명운동', '구명조끼', '구명보트', '구명환' 등에 쓰인다.

문해력 UP

규명(糾얽힐 규, 明밝을 명): 어떤 사실을 자세히 따져서 바로 밝힘.

구명(究연구할 구, 明밝을 명): 사물의 본질, 원인 따위를 깊이 연구하여 밝힘.

구명(救구할 구, 命목숨 명): 사람의 목숨을 구함.

고소는 자신을 위해,
고발은 사회를 위해 한다?

 범죄의 피해자나 그 법정 대리인이 수사 기관에 범죄 사실을 신고하여 법적 처리를 구하는 일을 '고소'라 하고, 어떤 범죄 사실을 제삼자가 경찰서나 검찰청에 신고하여 수사나 기소를 요구하는 일을 '고발'이라 한다. '고발'은 누군가의 잘못이나 사회의 부조리를 드러내어 알리는 일이라는 뜻으로도 쓰인다. 두 단어가 비슷하게 들리지만, 쓰임이 다르므로 정확한 표현을 알아두자.

'고소'는 '알릴 고告' '하소연할 소訴'로 자신이 당한 억울함을 알려서 하소연한다는 뜻이다. '하소연할 소訴'는 헐뜯다, 변명하다, 송사한다는 의미로도 많이 쓰인다. 법률상의 판결을 법원에 요구하는 '소송訴訟', 검사가 특정한 형사 사건에 대하여 법원에 심판을 요구하는 '기소起訴', 검사가 어떤 형사 사건에 대하여 법원에 재판을 청구하는 '공소公訴', 억울하고 원통한 사정을 남에게 강한 주장이나 표현으로 하소연하는 '호소呼訴' 등이 그 예다.

'고발'은 '알릴 고告' '들출 발發'로 세상에 잘 알려지지 않은 잘못이나 비리를 세상에 알려서 들추어낸다는 뜻이다. '고발정신'이라고는 하지만 '고소정신'이라고는 하지 않는다는 사실을 안다면, 자신의 개인적 이익을 위해서가 아니라 정의 실현을 목적으로 부정이나 범죄를 적극적으로 고발하려는 태도가 고발정신告發精神임을 어렵지 않게 알 수 있다.

검사가 범인의 나이, 성격, 지능, 환경이나 범죄의 경중, 동기, 범행 후의 정황 등을 참작하여 공소를 제기하지 않는 일을 기소유예起訴猶豫라 한다. '유예'는 '머뭇거릴 유猶' '주저할 예豫'로 머뭇거리고 주저한다는 뜻이다. 판사가 가벼운 범죄인에게 형의 선고를 일정 기간 미루는 일을 선고유예宣告猶豫라 하고, 판사가 3년 이하의 형이 선고된 범죄자에게 정상을 참작하여 일정 기간 형의 집행을 미루는 일을 집행유예執行猶豫라 한다.

"가능하면 송사訟事는 하지 말아야 한다"라는 말이 있다. 송사해서 이익이 되는 경우는 거의 없고 정신적·경제적 손해만 보는 경우가 많고, 송사 때문에 개인과 가정이 파탄 나는 경우도 적지 않아서다. '송사'가 무엇일까? '다툴 송訟' '일 사事'로 어떤 일을 두고 다투는 일이다. 법률상의 판결을 법원에 요구하는 일을 일컫는다.

문해력 UP

고소(告알릴 고, 訴하소연할 소)**:** 고하여 하소연함. 범죄의 피해자나 다른 고소권자가 범죄 사실을 수사 기관에 신고하여 그 수사와 범인의 기소를 요구하는 일.

고발(告알릴 고, 發들출 발)**:** 세상에 잘 알려지지 않은 잘못이나 비리 따위를 드러내어 알림. 피해자나 고소권자가 아닌 제삼자가 수사 기관에 범죄 사실을 신고하여 수사 및 범인의 기소를 요구하는 일.

송사(訟다툴 송, 事일 사)**:** 재판에 의하여 원고와 피고 사이의 권리나 의무 따위의 법률관계를 확정하여 줄 것을 법원에 요구함. 또는 그런 절차.

비속어는 지양하고
고운 말은 지향하자

 "쌤! '별다줄'이 뭔지 알아요?" "모르겠는데?"

"'별걸 다 줄인다'예요."

"그야말로 별다줄이네. 말을 줄여쓰는 건 이해해보겠는데, 비속어는 지양했음 좋겠어." "친구들도 다 쓰잖아요."

"좋은 일이 아니고서야 굳이 친구가 그런다고 따라할 일이야? 네가 《삼국지》 읽으면서 반에서 《삼국지》 읽기가 유행이 됐다며. 그렇게 좋은 일은 함께하도록 지향하는 게 맞지만, 누가봐도 부정적인 일은 지양하도록 해봐."

"음, 지향은 Go고 지양은 Stop인거죠? 근데 쌤, 과외할 때 그런 어려운 말부터 지양하도록 해봐요."

"이게 다 교과서에 나오는 말이란다. 이 정도는 알아둬."

'지양'의 '지'는 '멈출 지止'고, '지향'의 '향'은 '나아갈 향向' 이다. 멈추는 것이 '지양', 어떤 목표를 향해 나아가는 것이 '지향'이다.

 국어사전에서는 '지양'을 더 높은 단계로 오르기 위하여 어떠한 것을 하지 아니하는 것이라 설명한다. '멈출 지止' '오를 양揚'이기 때문이다. 하지만 '오를 양揚'은 무시하고 '멈출 지止'만으로 단어의 의미를 이해하면 쉽다. "과장 광고는 지양되어야 한다." "외래문화의 무비판적 수용은 지양되어야 한다." 여기서 '양揚'은 중요하지 않고, 멈춘다는 뜻의 '지止'만 중요하기 때문이다. 상처에서 흘러나오던 피를 멈추게 하는 것을 지혈止血이라 하고, 실시해 오던 제도나 법규를 없애는 일을 폐지廢止라 하며, 설사를 그치게 하는 약을 지사제止瀉劑라 한다.

 '지향'은 '가리킬 지指' '나아갈 향向'으로 가리키는 방향, 정한 방향으로 나아간다는 뜻이다. '뜻 지志'를 쓴 '지향志向'도 같은 의미로 쓰이는데 어떤 목표에 뜻이 향한다는 뜻이다. 앞으로의 삶에 대하여 긍정적인 태도를 지니는 것을 '미래지향적未來指向的'이라 한다.

 '지양'의 '지'가 '멈출 지止'이고, '지향'의 '향'이 '나아갈 향向'

이라고 확실하게 알아야 하는 것처럼 어떤 공부나 일에서도 정확하게 알아내려는 자세가 필요하다. 알긴 많이 아는데 대충 아는 것과 많이는 몰라도 정확하게 조금 아는 것 중에 정확하게 아는 것이 좋은 결과를 가져오기 때문이다. 옳지 않은 것 하나를 고르라는 오지선다형 문제에서, 다섯 개 모두를 알긴 아는데 대충 안다면 정답을 찾을 수 없지만, 네 개는 전혀 모를지라도 하나를 정확하게 안다면 정답을 찾아낼 수 있기 때문이다.

문해력 UP

지양(止멈출 지, 揚오를 양): 더 높은 단계로 오르기 위하여 어떠한 것을 하지 아니함.

지향(指가리킬 지, 向나아갈 향): 어떤 목표로 뜻이 쏠리어 향함. 또는 그 방향이나 그쪽으로 쏠리는 의지.

일체와 일절은 한자가 같은데
음도 뜻도 다르다?

"재산 일체를 사회에 기부하셨습니다."

"조미료를 일절 사용하지 않습니다."

여기서 '일체'와 '일절'은 같은 한자어다. 한자까지 같음에도 문장에서 쓰이는 형식에 따라서 음과 의미가 달라진다. 앞의 문장에서 '일체'는 '전부'라는 뜻이고, 뒤의 문장에서 '일절'은 '전혀'라는 뜻이 된다. 어렵게 느껴지지만 한 번 기억해 두면 자주 쓰는 표현인 만큼 유용하게 써 먹을 수 있다.

'일체'와 '일절'은 모두 한자어 '一切'를 쓴다. 일체에서는 '모두 체切'로 쓰이고, 일절에서는 '끊을 절切'로 쓰인다. 각각 '전체'와 '절단'을 연관해서 떠올리면 쉽다. '일체'는 "일체의 책임" "재산 일체"에서처럼 '모든 것'이라는 의미의 명사로 주로 쓰인다. "그 일을 일체 맡기다"에서처럼 '모든 것을 다' '전부'라는 의미의 부사 형식으로 쓰이기도 한다.

"일절 하지 마" "출입을 일절 금합니다" 등에서의 '일절'은 사물을 부인하거나 행위를 금지할 때 쓰인다. '일절 ~하지 않았다'라는 식으로 많이 쓰는데, '아주, 도무지, 전혀, 절대로'라는 뜻의 부사이기에 '일절' 뒤에는 금지하거나 부인하는 행위가 따라오는 경우가 일반적이다.

"재산 일체를 사회에 기부하셨습니다"에서 재산 '전체'라는 의미로 쓰인 명사이기에 '일체'이고, "조미료를 일절 사용하지 않습니다"에서 '사용하지 않다'를 분명히 드러내는 부사로 쓰였기에 '일절'이 된다.

'切'이 '전체'라는 뜻과 '끊다'라는 뜻으로 쓰인다고 했는데, 사실 '전체'라는 뜻보다 대부분 '끊다'는 의미로 쓰인다. 절단切斷, 평가절하平價切下, 절제切除, 절개切開, 절치부심切齒腐心, 품절品切, 절차탁마切磋琢磨, 단절斷切 등이 그것이다.

생각, 행동, 의지 등이 완전히 하나가 되었다는 의미의 '혼연일체'에서 '일체'도 전체가 하나가 되었다는 의미이니 '一切'

를 쓸 것이라고 생각할 수 있는데, 이때의 일체는 '一切'가 아니라 '一體'다. 한 몸이 되었다는 의미에서 '몸 체體'를 쓴다. 세 가지가 하나로 통합되는 일을 뜻하는 '삼위일체'에서도 '몸 체'를 쓴다.

문해력 UP

일체(一오로지 일, 切온통 체): 모든 것. 전부 또는 완전히의 뜻을 나타내는 말.

일절(一오로지 일, 切끊을 절): 아주, 전혀, 절대로의 뜻으로, 흔히 행위를 그치게 하거나 어떤 일을 하지 않을 때에 쓰는 말.

방증하든 반증하든,
하나는 하자

 "친구를 보면 그 사람을 알 수 있다." 이 말은 옳은 이야기일까, 아닐까? 대체로 옳다고 할 수 있을 것 같다. 무엇인가를 아는 방법은 다양한데 그중 하나는 주변을 살펴보는 것이다. 알고자 하는 대상 자체를 아는 것이 중요하지만, 그 주변에 있는 것들이 그 대상의 상황과 성격을 방증하기도 하기 때문이다.

시험 문제의 난이도가 어떠했는지 알려면 그 문제를 철저하게 분석하기도 하고, 그 시험을 치른 학생들의 평균 점수를 확인하기도 한다. 그리고 이전 시험 점수와의 차이, 시험을 치른 사람들의 반응을 확인하는 방법도 있다. "침묵은 긍정이다"라는 말이 있다. 말하지 않는 행위를 어떤 말도 할 수 없는 상황으로 간주하는 것이다. 민사소송법에도 사실에 대해 다투지 않는 것은 자백自白으로 간주한다고 보고, 재판에 출석하지 않는 것도 자백으로 간주한다고 나온다. 다투지 않고 출석하지도 않는 것은 자신의 주장에 대한 근거도 없고 반박할 자료도 없다고 판단하기 때문이다.

방증은 '곁 방傍' '증명할 증證'으로 곁에서 증명해 준다는 뜻이다. 어떤 사실을 직접 증명할 수 있는 증거가 되지는 않지만 주변의 상황을 밝힘으로써 증명에 간접적으로 도움을 주는 증거를 이른다. 간접적 증거라고 이해하면 좋을 것 같다. "음식점의 음식 가격이 오른 것은 식료품 가격이 올랐다는 방증이다." "한자 공부를 한 이후에 전 과목 성적이 오른 것은 한자가 공부에 도움이 된다는 방증이다."

'반증'은 '반대 반反' '증명할 증證'으로 반대되는 것으로 증명한다는 뜻이다. 어떤 사실이나 주장이 옳지 아니함을 그에 반대되는 근거를 들어 증명하는 일을 일컫는다. 어떤 주장이나 이론을 뒤집는 증거다. 어떤 친구가 운동을 좋아하지 않는다는 주장에 대한 반증은 무엇일까? 체육 시간에 친구들이 운동하는 것을 구경만 하는 것 아닐까?

"그는 혐의를 모두 부인했지만 그것을 ①방증/②반증할 만한 증거를 제시하지 못했다."
"갑이라는 가수의 콘서트 입장권이 30분 만에 매진된 것은 갑이라는 가수를 좋아하는 사람이 많다는 ③방증/④반증이다."

정답은 몇 번일까? 정답은 ②번과 ③번이다. 반대되는 증거를 제시하지 못하였다는 이야기이기 때문에 '반증反證'이 옳고, 직접 증거는 아니지만 곁에서 증명해 주는 것이기에 '방증傍證'이 옳다.

문해력 UP

방증(傍곁 방, 證증명할 증): 사실을 직접 증명할 수 있는 증거가 되지는 않지만, 주변의 상황을 밝힘으로써 간접적으로 증명에 도움을 줌. 또는 그 증거.

반증(反반대 반, 證증명할 증): 어떤 사실이나 주장이 옳지 아니함을 그에 반대되는 근거를 들어 증명함. 또는 그런 증거.

재고하면 품질이 제고되어
재고가 쌓이지 않는다?

재고품이니까 반값에 판매한다고 했다. 품질이 좋지 않은 물건을 반값에 판매한다고 생각했는데 아니었다. 친구가 사용하는 물건과 비교하니 품질에 문제가 없었다. 이상했다. 이후에도 한동안 재고품은 품질이 낮은 물건으로 여겨져 사면서도 찜찜함이 있었다. 그러다 '있을 재在' '창고 고庫' '물건 품品', 팔리지 않아 창고에 쌓아 둔 제품이라는 뜻임을 알게 된 후부터는 휘파람 불면서 재고품을 찾아 나서고는 한다.

"재고의 여지가 없다." "재고를 촉구해야 한다." "재고해 볼 필요성이 대두된다." 여기서 재고는 '다시 재再' '생각할 고考', 다시 한번 생각한다는 의미다.

"생산성 제고 방침" "기술 경쟁력 제고" "이미지 제고" 여기서 '제고'는 '끌 제提' '높을 고高', 높은 곳으로 끌어올린다는 뜻이다.

기초가 중요한 것은 어휘력에도 예외가 아니다. 영어, 독일어, 프랑스어 어휘의 기초는 라틴어다. 라틴어를 아는 사람은 영어, 독일어, 프랑스어 공부가 쉽다고 한다. 우리말에서 차지하는 한자어의 비중은 70%가 넘는다. 실생활에 쓰이는 어휘로 한정한다면 85%도 넘을 것이다. 한자를 알면 어휘의 의미를 쉽게 알아낼 수 있고 오랫동안 기억할 수도 있다. 그 어휘 실력을 바탕으로 새롭게 만나는 단어의 의미도 유추를 통해 알아낼 수 있다.

한자를 쓸 줄 아는 능력은 필요 없다. 음과 뜻을 알기만 하면 된다. 그것도 어렵다면 시간을 투자해 보자. 영어나 수학 공부에 투자하는 시간의 10분의 1만 투자하면 어떨까? 한자를 공부하면 공부가 무척 쉬워진다. 일상의 표현과 이해도가 올라가고, 일에서도 실수를 줄일 수 있다.

기술 경쟁력 제고提高를 위해 재고再考에 재고再考를 거듭해 달라고 사장님이 부탁하였다. 직원들이 인내심을 발휘하여 재고再考하고 또 재고再考하였더니 소비자들이 품질의 우수성을 인정해 주었다. 이후 재고품在庫品이 쌓이지 않게 되었다.

문해력 UP

재고(在있을 재, 庫창고 고): 창고에 있는 물건.

재고(再다시 재, 考생각할 고): 어떤 일이나 문제 따위에 대하여 다시 생각함.

제고(提끌 제, 高높을 고): 수준이나 정도 따위를 끌어올림.

출연료 전액을
출연해 주신다고요?

 '연예'와 '연애'는 발음이 비슷하지만 뜻은 완전히 다르다. '펼칠 연演' '재주 예藝'의 '연예'는 재주(연기, 노래, 춤 등)를 펼친다는 뜻이다. '그리워할 연戀' '사랑 애愛'의 '연애'는 그리워하고 사랑한다는 뜻이다. '그리워할 연戀'의 '연인'과 '사랑 애愛'를 쓴 '애인'은 같은 뜻의 말이다.

'출연'처럼 발음이 똑같지만 어떤 한자를 쓰느냐에 따라 뜻이 전혀 달라지는 경우도 있다.

'出'은 초목이 움터 자라나는 모양을 본뜬 글자다. 태어나다, 성장하다, 발생하다, 나아가다, 내보내다 등의 뜻으로 쓰이는 이유다. 출산出産, 출생出生, 출발出發, 출신出身, 출마出馬, 출근

出勤, 출구出口, 출시出市, 수출輸出, 진출進出, 대출貸出, 탈출脫出 등에 모두 '출出'이 쓰인다. 용무를 위해 원래 근무지에서 다른 어떤 곳으로 나가는 일을 '출장'이라 하는데 '벌일 장張'을 써서 밖으로 나가서 일을 벌인다는 뜻이다.

'출연'은 '나아갈 출出'에 '펼칠 연演'으로 나아가서 펼친다는 뜻이다. 연설, 강연, 연극, 영화, 드라마, 음악 등을 위하여 무대나 연단, 텔레비전 등에 나가는 일이다. 영화나 드라마에서, 비중이 크지 않은 역을 맡아 보조적인 역할을 하는 일을 보조補助 출연이라 하고, 같은 사람이 두 개 이상의 방송사에 겹쳐 나오는 일을 중복重複 출연이라 하며, 어떤 일의 뜻에 찬동하여 도와줄 목적으로 무대나 연단, 프로그램 등에 나가는 일을 찬조贊助 출연이라 한다.

'출연出演'의 동음이의어에 '줄 연捐'을 쓴 '출연出捐'이 있다. 금품을 내어서 남에게 준다는 뜻으로 어떤 사람이 자신의 의지로 돈을 내거나 의무를 부담하는 일을 일컫는다. '줄 연捐'은 어떤 단체나 개인을 돕기 위해 내놓은 돈인 출연금出捐金, 금품을 내어 도와주는 액수인 출연액出捐額 등에 쓰인다. 민간 기관에서 정부의 사업을 대행할 때 정부에서 그 기관에 내어 주는 돈을 정부출연금政府出捐金이라 한다.

'출현'도 있는데 '날 출出' '나타날 현現'으로 나오거나 나타난다는 뜻이다. 없던 것, 숨겨져 있던 것이 나타나 드러나는 일이다. 사라진 것이 다시 나타나 드러남을 재출현再出現이라 하고, 어떤 것이 나타났다는 견해나 학설을 출현설出現說이라 한다. 《명심보감》에 "희노재심喜怒在心 언출어구言出於口 불가불신不可不慎"이라는 말이 나온다. 기뻐하고 성내는 것은 마음에 달려 있고, 말은 입으로부터 나오는 것이니, 신중하지 않으면 안 된다는 이야기다.

문해력 UP

출연(出나아갈 출, 演펼칠 연): 연기, 공연, 연설 따위를 하기 위하여 무대나 연단에 나감.

출연(出나아갈 출, 捐줄 연): 금품을 내어 도와줌.

출현(出날 출, 現나타날 현): 나타나거나 또는 나타나서 보임.

기록은 경신하고
신분증은 갱신한다

'기록 경신'이 맞을까, '기록 갱신'이 맞을까?
'주민등록증 경신'이 맞을까, '주민등록증 갱신'이 맞을까?

'신'이 '새로울 신新'인 것은 알겠고, '更'이 '고치다'와 '다시'라는 두 가지 뜻으로 쓰인다는 것도 알겠는데, 또 '경'과 '갱' 두 가지로 발음한다는 사실까지도 알겠는데, '고치다'일 때 '경'인지 '갱'인지, '다시'일 때 '경'인지 '갱'인지는 참 헷갈린다.

종전의 기록을 깨뜨리고 고쳐서 더 좋은 기록을 내는 일, 이미 있는 제도나 기구 등을 고쳐서 새롭게 하는 일은 '경신更新'이라 하고, 서류의 유효 기간이 만료되었을 때 그 기간을 다시

정하는 일은 '갱신更新'이라 한다.

의미가 헷갈릴 때는 대표적인 표현을 기억해 두면 쉽다. 기존의 전세 계약이 만료되면 '다시' 재계약을 맺는다. 이를 '계약 갱신'이라고 한다. 어떤 직위의 사람이 잘못을 저지르면 다른 사람으로 그 자리를 바꾸도록 조치하는 것을 '경질'이라고 한다. 이전의 사람을 끝내고 새 사람을 들이는 일이다. 따라서 '경신'도 이전의 제도나 기구 등을 새롭게 고치는 것이라고 생각하면 된다.

질병이나 사고가 발생할 상황에 대비하여 미리 일정한 돈을 내게 하고, 약정된 조건이 성립되었을 경우 그에 맞는 일정 금액을 지급하는 제도를 보험이라 한다. '보호할 보保' '위험 험險'으로 위험에 처하였을 때 보호받는다는 뜻이다.

보험에는 갱신형更新型과 비갱신형非更新型이 있는데, 시간이 지남에 따라 보험료가 바뀌는 보험을 갱신형이라 하고, 보험료가 바뀌지 않는 보험을 비갱신형이라 한다. 갱신형 보험은 가입 시 보험료는 적지만 갱신할 때마다 보장 내용과 보험료가 바뀌고, 또 보장받는 동안 계속해서 보험료를 내야 한다. 반면 비갱신형 보험은 갱신형 보험에 비해 가입 시 보험료가 비싸긴 하지만 보장 내용과 보험금이 확정되어 바뀌지 않고, 일정 기간 보험료를 납부하면 보장 기간 동안 보장받을 수 있다.

문해력 UP

경신(更고칠 경, 新새로울 신): 이미 있던 것을 고쳐 새롭게 함. 기록경기 따위에서, 종전의 기록을 깨뜨림.

갱신(更다시 갱, 新새로울 신): 다시 새로워짐. 계약이나 서류의 유효 기간이 만료되었을 때, 그 기간을 연장함.

이관에는 따라가지만
이첩에는 따라가지 않는 것은?

일이 뜻대로 되지 않아 포기할까 고민할 때, '우공이산'을 떠올렸다. '어리석을 우愚' '노인 공公' '옮길 이移' '산 산山'으로, 어리석은 노인이 산을 옮겼다는 뜻이다.

나이가 90에 가까운 우공愚公이란 사람이 산을 빙 둘러서 시장에 다녔다. 산을 다른 곳으로 옮기면 지름길로 갈 수 있어 시장 오가는 시간이 줄어든다고 생각한 그는 다음 날부터 산의 흙을 퍼서 옮기기 시작했다. 마을 사람들이 비웃었지만 그는 자기가 죽으면 아들이, 아들이 죽으면 손자가 흙을 퍼 날라 언젠가는 산이 옮겨지지 않겠느냐면서 이 일을 포기하지 않았다. 그 정성에 감동한 옥황상제가 하룻밤에 산을 옮겨주었다는 고사故事다. 어떤 일이든 꾸준히 열심히 하면 반드시 이룰 수 있음을 깨우쳐 주는 이야기다.

"그 업무는 다른 부서로 이관되었습니다." "세무 당국은 사건을 수사 기관에 이첩했다." '이관' '이첩' 둘 다 '옮길 이移'를 쓴다. '옮길 이'는 이사, 이동, 이직, 이민, 이식, 이전, 이체, 이양, 이송, 이주민, 이적료 등에도 쓰인다. 이관에서의 '관'은 '대롱 관管'이기에 관악기, 혈관, 배관, 시험관, 기관지, 수도관, 송유관 등에 쓰인다. 그런데 관할, 관리, 관내, 주관, 관제탑 등에서의 '관管'은 다스린다는 뜻이다. '첩'은 '문서 첩牒'이다. 청하는 문서인 청첩, 마지막으로 상대에게 통보하는 문서인 최후통첩 등에 쓰인다.

'이관'은 '옮길 이移' '다스릴 관管'으로 다스리는 기관을 다른 기관으로 옮긴다는 뜻이다. 특정 업무를 관리하고 있던 기관이나 부서가 그 업무를 다른 기관이나 부서로 옮기는 행위다. 대부분 업무 범위가 변경되거나 법률이 개정되어 이루어진다.

'이첩'은 '옮길 이移' '문서 첩牒'으로 문서를 옮긴다는 뜻이다. 특정 문서나 공문을 받았으나, 그 문서의 내용이 자신의 기관이나 자기 부서의 업무 범위에 속하지 않아 다른 기관이나 부서로 다시 보내는 행위다. 이관移管과 이첩移牒 모두 적절한 부서나 기관에서 해당 문서를 처리하여 업무의 효율성을 높이기 위해서 이루어진다. 이관移管은 관리 주체가 옮겨진 것이기에 책임까지 따라가고, 이첩移牒은 문서만 옮겨진 것이기에 책임은 따라가지 않는다.

문해력 UP

이관(移옮길 이, 管다스릴 관): 다스리는 기관을 옮김. 또는 옮기어 관할함.

이첩(移옮길 이, 牒문서 첩): 받은 공문이나 통첩을 다른 부서로 다시 보내어 알림. 또는 그 공문이나 통첩.

부의금? 축의금?
헷갈릴 땐 모두 부조금으로

장례식장에 참석하는 사람을 '하객'이라 말하는 사람이 있는데, 엄청난 실수다. 하객은 '축하할 하賀' '손님 객客'으로 축하하는 손님이라는 뜻이기 때문이다. 장례식장에 찾아오는 사람은 '조문객'이다. '조상할 조弔' '위문할 문問'으로 고인을 추모하고 유가족을 위문하러 온 손님이기 때문이다.

장례식장에 가서 부의함에 넣는 돈을 '부의금' '조위금'이라 한다. '부의금'은 '부의 부賻' '예의 의儀' '돈 금金'으로 부의로 예의를 갖추어 내는 돈이다. '부의'는 초상집에 도와주는 의미로 돈이나 물품을 내는 일이다. 부의함의 '함'은 '상자 함函'이다.

'조위금'은 '조상할 조弔' '위로할 위慰' '돈 금檎'으로 조상하고 유가족을 위로하는 뜻을 나타내기 위해 주는 돈이다. 여기서 '조상弔喪'은 상을 당한 가족에게 함께 슬픔을 나누기 위해 문안하거나 방문하는 것으로, 조문弔問이라고도 한다. '유가족'은 '남길 유遺'로 죽은 사람의 남아 있는 가족이다.

결혼식에 내는 돈을 '축의금'이라 하는데, '축하할 축祝' '예의 의儀' '돈 금金'으로 결혼을 축하하는 마음을 담아 예의를 갖추어 주는 돈이라는 뜻이다. 결혼식에 참석한 하객에게 음식을 제공하는 일을 '피로연'이라 하는데 무슨 뜻일까? 피로를 풀어 주는 잔치일까? '펼 피披' '드러낼 로露' '잔치 연宴'으로 펼쳐서 드러내는 잔치라는 뜻이다. 결혼하였다는 사실이나 회갑을 맞이하였다는 사실을 주위 사람들에게 펼쳐서 드러내는(알리는) 잔치라는 뜻이다.

조위금 봉투에는 '부의賻儀'라 쓰는 것이 일반적인데 '근조謹弔', '향촉대香燭代'라 쓰기도 한다. '근조'는 '삼갈 근謹' '조상할 조弔'로 삼가 조상한다는 뜻이고, '향촉대'는 '향내 향香' '촛불 촉燭' '대금 대代'로 향이나 촛불을 켜는 데 필요한 대금이라는 뜻이다.

'부의금'은 장례식장에만 사용하고 '축의금'은 결혼식 등 축하하는 자리에만 사용하지만 '부조금'은 장례식장과 결혼식장 모두에 사용한다. '도울 부扶' '도울 조助'로 장례식이나 결혼식을 도와주기 위한 돈이라는 뜻이기 때문이다.

문해력 UP

부의금(賻부의 부, 儀예의 의, 金돈 금): 상가喪家에 부조로 보내는 돈.
/ 비슷한말: 조의금弔意金, 조위금弔慰檎

축의금(祝축하할 축, 儀예의 의, 金돈 금): 축하하는 뜻을 나타내기 위하여 내는 돈.

부조금(扶도울 부, 助도울 조, 金돈 금): 잔칫집이나 상가에 돕기 위하여 내는 돈.

갑은 언제나 '4'고
을은 무조건 '5'라고?

 학창 시절, 왜 배우는지 모르고 외웠던 것들이지만 요긴하게 활용할 때가 있다. 십간과 십이지와 육십갑자가 그렇다. 여기서 다시 한번 상기해 보자.

[십간]

갑	을	병	정	무	기	경	신	임	계
4	5	6	7	8	9	0	1	2	3

수업시간에 1592년에 일어난 사건이 무엇인지 물었다. 10명 정도의 학생이 '임진왜란'이라 대답하였다. 임진년에 일본日本에 의해 일어난 난리亂離라고 설명해 주었다. 1597년에 일어

난 사건은 무엇인지 물으니 대답하는 학생이 없었다. 정유재란 이라 말해 주고 '재'는 '다시 재再'이니까 '정유년에 다시 일어 난 난리'라고 설명했다. "1636년은?"이라는 질문에 아이들은 '병자호란'이라 대답했고, 나는 "병자년에 오랑캐胡에 의해 일 어난 난리"라 설명했다. '1866년' '1871년' '1882년' '1884년' '1895년' '1905년' '1910년'은 모두 헷갈린다며 머리만 긁적 였다.

　'1866년'의 오른쪽에 '병인양요'라 쓰고 '병인년에 서양에 의해 일어난 소요騷擾'라고 설명하고, '1871년'의 오른쪽에 '신 미양요'라 쓰고 '신미년에 서양에 의해 일어난 시끄러움'이라 설명했다. '1882년은 임오군란' '1884년은 갑신정변' '1895년 은 을미사변' '1905년 을사늑약' '1910년 경술국치'라 썼다. 근 래 보기 드물게 감탄하며 집중하는 모습을 곁눈질하는 순간 기 쁨과 안타까움이 동시에 내 가슴으로 파고들었다.

　칠판 오른쪽 위에서부터 아래로 '갑' '을' '병' '정'을 적어 나 가자, 아이들이 합창하듯 '무' '기' '경' '신' '임' '계'를 외쳤다.

　"자! 지금부터가 중요하다. 잘 봐라."

　조금 전에 써 놓은 '1592년'의 '2'와 임진년'의 '임'에 동그라미를 그리면서 "임은 2!"라고 외쳤다. 이어서 '임'을 찾아 그 옆에 '2'를 썼다. 이어 '정' 옆에 7을, '병' 옆에 6을, '신' 옆에 1 등 등을 써 내려갔다. 그런 다음 이렇게 외쳤다.

"갑, 을, 병, 정, 무, 기, 경, 신, 임, 계. 4, 5, 6, 7, 8, 9, 제로, 원, 투, 쓰리."

그리고 다시 짚었다.

"갑은 무조건 4다. 을은 무조건 5고, 병은 언제나 6이다. 언제나. 항상. 예외 없이."

'눈이 번쩍'은 이럴 때 쓰라고 만든 말이라는 생각이 들었다.

"자! 그렇다면 올해는 무슨 해?"

겨우 한 명만 '갑진년'이라 답했다.

"올해가 2024년이니까 무조건 '갑 무슨 년'이다."

모두 고개를 끄덕였다.

"좋아! 올해가 무슨 띠지?"

"용띠요."

"'용'은 자, 축, 인, 묘, 진, 사, 오, 미, 신, 유, 술, 해 중에서 뭐지?"

"진이요."

"좋아. 그래서 올해가 '갑진년'이다."

216

육십갑자가 한 바퀴 돌아서
환갑, 회갑이라고?

[십이지]

한자	동물	시간
子(자)	쥐	23~01
丑(축)	소	01~03
寅(인)	호랑이	03~05
卯(묘)	토끼	05~07
辰(진)	용	07~09
巳(사)	뱀	09~11
午(오)	말	11~13
未(미)	양	13~15
申(신)	원숭이	15~17
酉(유)	닭	17~19
戌(술)	개	19~21
亥(해)	돼지	21~23

조는 아이가 한 명도 없었다.

"그럼 2025년은 무슨 년일까?"

시간을 충분히 주자고 생각했다. 잠시 후 누군가가 '을사년'
이라 답했다.

"그래. 맞았다. 2025년은 '5'이니까 '을'이고, 십이지에서 '진' 다음이 '사'니까 '을사년'이다."

잠시 호흡을 고른 다음 말했다.

"조금 전에 '을사년'이 나왔지? 1905년. 을사늑약. 2025에서 1905를 빼면 120이네. 60갑자가 두 번 돌았구나. 그러니까 1905년의 60년 후인 1965년도 을사년이었겠지. 2085년도 을사년일 터이고."

궁금해하는 눈빛을 지닌 아이들이 보였다. 그러고 보니 십간 十干만 이야기했을 뿐 십이지十二支는 알려 주지 않았음을 깨달았다. 칠판으로 다가가서 조금 전에 써놓은 십간 옆에 자, 축, 인, 묘, 진, 사, 오, 미, 신, 유, 술, 해를 적었다.

십간과 십이지를 써놓은 칠판의 '갑'과 '자'를 이으면서 '갑자'를 외쳤고 '을'과 '축'을 이르면서 '을축'을 외쳤다. 자동으로 합창이 만들어졌다. '병인' '정묘' '무진' '기사' '경오' '신미' '임신' '계유'. 끝이 다가오자 흐름이 멈췄다.

"자! 십간十干은 끝났고 십이지十二支는 두 개 남았으니까 '갑술' '을해'로 간다. 다음은 '병자' '정축'이다. 이렇게 하면 60번째는 '계해'가 된다. 이것을 '60갑자'라 한다. 만 60세를 일컫는 '환갑'은 '돌아올 환還' '갑자 갑甲'으로 육십갑자가 한 바퀴 돌았다는 뜻이다. '돌 회回'를 써서 '회갑回甲'이라고도 하지."

똘망똘망한 눈동자들은 내게 힘을 주었다.

"십이지는 시간을 나타내는 데에도 사용되었다. 옛날엔 하루를 12개로 나눈 것 알지? 밤 11시부터 1시까지는 자시子時, 1시부터 3시까지는 축시丑時, 3시부터 5시까지는 인시寅時……."

십이지를 표로 그려 주었다.

"낮 12시를 정오라 하는 이유는 뭘까? 정각 오시午時, 오시의 가운데이기 때문이다. 밤 12시를 자정이라 하는 이유는 자시子時의 정각, 자시의 가운데이기 때문이고."

목례가 목을 굽혀서 하는 인사가
아니라고?

"주목!" 초등학교 시절, 선생님께서는 수업 중간 중간에 이렇게 외치시고는 하셨는데 그때마다 나는 주먹을 힘껏 쥐고는 했다. 왜 주먹을 쥐라고 하는 것인지 궁금했지만 감히 물어보지는 못하였다. '마음쏟을 주注' '눈 목目'으로 눈에 마음을 쏟는 일이라는 뜻이라고는 조금도 생각하지 못했다. 관심을 가지고 주의하여 보라는 뜻임을 알았더라면 좀 더 집중했으려나.

'목례'는 목을 가볍게 끄덕여서 하는 인사라고 추측했다. "서로 마주치게 되면 가볍게 목례하는 것이 좋다." 이렇게 목례 앞에 '가볍게'라는 수식어가 따라 다녔기에 착각인 줄 모르고 지내왔다. '목례'의 '목'은 신체 부위인 '목'이 아니라 사물을 보는 기능을 가진 '눈 목目'이었다. '눈 목目' '예절 례禮'로 눈짓으로 가볍게 하는 예절 갖춤이 '목례'다.

"맹목적이어서는 안 된다." "사람은 맹목적이어야 한다." 주관이나 원칙이 없이 덮어놓고 행동하는 것, 옳고 그름을 따지지 않는 것을 '맹목적'이라 하는데 '눈멀 맹盲' '눈 목目'으로 눈먼 눈, 시각장애인의 눈이라는 뜻이다. 눈을 감고, 보지도 않고, 생각하지도 않는다는 뜻으로 이해하면 된다.

오른손을 눈썹 언저리에 올리거나, 모자를 썼을 때 모자챙 옆에 올려서 하는 경례를 '거수경례'라 한다. '들 거擧' '손 수手' '공경 경敬' '예절 례禮'로 손을 들어서 하는 공경의 예절이라는 뜻이다. "수인사를 하였다"라는 표현에서의 '수'는 '손 수手'가 아니라 '닦을 수修'다. 인사를 차렸다는 뜻으로, 사람으로서 할 수 있는 일을 다한다는 의미로 쓰인다. 절을 하여 예를 갖추는 일은 '절 배拜'를 써서 배례拜禮라 한다.

많이 사용하지는 않지만, 많이 사용하면 좋을 말에 '묵례'가 있다. '말없을 묵默' '예절 례禮'로 말없이 하는 경례를 일컫는다. 말없이 고개만 숙이는 인사다. '목례'는 눈을 마주치며 다소 가볍게 하는 인사임에 비해, '묵례'는 말은 하지 않는 다소 정중한 인사라고 이해하면 될 것 같다. 고개를 숙이는 일, 또는 오른손을 이마에 대는 동작, 오른손을 가슴에 대는 동작을 '경례'라 하는데 '공경 경敬' '예절 례禮'로 공경을 표하는 뜻을 나타내는 동작이다.

문해력 UP

주목(注마음쏟을 주, 目눈 목): 관심을 가지고 주의 깊게 살핌. 또는 그 시선.

목례(目눈 목, 禮예절 례): 눈짓으로 가볍게 하는 인사.

묵례(默말없을 묵, 禮예절 례): 말없이 고개만 숙이는 인사.

경례(敬공경 경, 禮예절 례): 공경의 뜻을 나타내기 위하여 인사하는 일. 상급자나 국기 등에 경의를 표하라는 구령.

기간제와 기간병의
기간은 다른 뜻

 입대를 며칠 앞둔 어느 날, 휴가 나온 친구를 만났다. 친구는 훈련병 시절이 인생에서 가장 가난하고 초라한 시절이라 말했다. 근심스러운 표정을 짓고 있는 나에게 "그래도 기간병만 되면 괜찮아"라고 덧붙였다. '기간병? 기간병이 뭐야?'라고 묻고 싶었지만 알량한 자존심에 아는 척 고개를 끄덕이면서 화제를 돌려버렸다.

기간병基幹兵은 신병 훈련을 마치고 정해진 부대에 소속이 된 병사를 뜻한다. '기간'은 '바탕 기基'에 '줄기 간幹'으로 바탕이 되고 줄기가 된다는 뜻이다. 일정 부문에서 으뜸이 되고 중심이 되며 핵심이 되는 것을 '기간'이라 한다. '기간산업'이라 할 때의 '기간'도 같은 뜻이다. 기간산업은 한 나라 산업의 기초가 되는 산업으로 주로 중요 생산재를 생산하는 산업을 뜻한다.

임용고시에 낙방한 후 찾아온 제자에게 기간제 교사를 하는 것도 괜찮은 선택일 수 있다고 말해 주었다. 기간제 교사의 '기간'은 '시험 기간'이라 할 때의 '기간'이다. '때 기期' '사이 간間'으로 일정한 어느 시기부터 다른 어느 시기까지의 동안이라는 뜻이다. 일정 기간만 일하도록 학교 측과 계약한 교사가 기간제 期間制 교사다. 정년을 보장받는 교사가 아니라 정해진 기간만 가르치는 교사.

'사춘기'는 청년기의 앞 시기로, 대개 초등학교 고학년에서 고등학교까지의 시기를 말하는데 '생각할 사思' '남녀의 연정 춘春' '기간 기期'로 남녀의 사랑을 생각하는 시기라는 뜻이다. 신체적으로는 2차 성징이 나타나고 정신적으로는 자아의식이 높아지면서 몸과 마음이 모두 성숙기에 접어드는 시기다.

장년기에서 노년기로 접어드는 시기를 '갱년기'라 하는데 '다시 갱更'으로 다시 새로운 상황을 맞이하는 시기라는 뜻이다. 신체 기능이나 대사 작용에 어려움이 생기기 시작하는 40대 중반부터 50대 중반까지를 가리킨다.

병원체가 몸 안에 들어와서 증세가 나타나기 전까지의 기간을 잠복기라 하는데 '잠길 잠潛' '엎드릴 복伏'으로 잠겨 있고 엎드려 있어 증상이 나타나지 않는 시기라는 뜻이다. 계절이 바뀌는 시기를 '환절기'라 하는데 '바꿀 환換' '계절 절節'로 계절이 바뀌는 시기라는 뜻이다.

문해력 UP

기간병(基바탕 기, 幹줄기 간, 兵병사 병): 군대에서, 가장 바탕이 되거나 중심이 되는 병사. 신병 훈련을 마치고 정해진 부대에 소속이 된 병사.

기간제 교사(期때 기, 間사이 간, 制금지할 제, 敎가르칠 교, 師스승 사): 학교 측과의 계약을 통해 정해진 기간 동안 일하는 교사.

60점 이하에 울고
60점 미만에 웃다

 간발의 차이가 엄청난 결과를 가져오는 경우가 많다. 0.1초 사이로 순위가 바뀌고 0.1㎝ 차이로 '골인' '노골'이 결정된다. 억울할 수 있지만 어쩔 수 없는 것이 세상살이다. '이상'이냐 '초과'냐에 따라 웃음과 눈물이 뒤바뀌기도 하고, '이하'냐 '미만'이냐에 따라 울기도 하고 웃기도 한다. 60점을 맞은 사람은, '60점 이상 합격' 조건에서는 합격이지만 '60점 이하 불합격' 조건에서는 불합격이 된다. '5명 이상 사적 모임 금지'라면 5명의 친구는 모임을 할 수 없지만, '5명 초과 사적 모임 금지'라면 5명의 친구는 사적 모임을 할 수 있다.

'이상' '이하' '초과' '미만'이 헷갈린다는 사람이 의외로 많다. 수량, 정도, 위치 등이 일정한 기준보다 더 많거나 낮거나 앞서는 것을 '이상'이라 하는데, '~부터 이以' '위 상上'으로 '~부터 그 위'라는 뜻이다. 그러기에 "5 이상"은 5를 포함한다. 5, 6, 7, 8, 9 등이 5 이상이 되는 것이다. '이하'는 '~부터 이以' '아래 하下'로 '~부터 그 아래'라는 뜻이다. 그러기에 "5 이하"에서도 5는 포함된다.

정해 놓은 수효나 정도를 넘어서는 것은 '초과'인데 '뛰어넘을 초超' '지나칠 과過'로 뛰어넘어 지나친다는 뜻이다. '미만'은 '아닐 미未' '찰 만滿'으로 차 있는 상태가 아니라는 뜻으로 정해 놓은 수효나 정도에 미치지 못하는 것을 가리킨다.

근로기준법 일부 조항은 '5명 미만 사업장'에 적용되지 않는다. 5명 미만 사업장은 사실상 '범법 지대'나 마찬가지라는 지적이 나오는 이유다. 근로자가 5명 있으면 5명 미만 사업장이 아니다. 대표를 제외하고 하루 평균 근로자가 4명 이하일 때만 5인 미만 사업장이다.

'10개 초과 할인'이라면 10개 사면 할인받을 수 없지만, '10개 이상 할인'이라면 10개를 사면 할인받을 수 있다. '7세 미만 이용 가능'이라면 7세는 이용할 수 없고 6세 이하만 이용할 수 있다. '90점 이상은 A, 80점 이상 90점 미만은 B'라는 규정에서 90점을 받으면 A일까, B일까? A이다. 수학에서도 마찬가지다. 5 이상이나 5 이하에서는 5를 포함하고, 5 초과나 5 미만에서는 5를 포함하지 않는다.

문해력 UP

이상(以부터 이, 上위 상): 수량이나 정도가 일정한 기준보다 더 많거나 나음. 기준이 수량으로 제시될 경우에는, 그 수량이 범위에 포함되면서 그 위인 경우를 가리킨다.

초과(超뛰어넘을 초, 過지나칠 과): 일정한 수나 한도 따위를 넘음. 기준이 수량으로 제시될 경우에는, 그 수량이 범위에 포함되지 않으면서 그 위인 경우를 가리킨다.

이하(以부터 이, 下아래 하): 수량이나 정도가 일정한 기준보다 더 적거나 모자람. 기준이 수량으로 제시될 경우에는, 그 수량이 범위에 포함되면서 그 아래인 경우를 가리킨다.

미만(未아닐 미, 滿찰 만): 정한 수효나 정도에 차지 못함. 기준이 수량으로 제시될 경우에는, 그 수량이 범위에 포함되지 않으면서 그 아래인 경우를 가리킨다.

다섯 번째 수업

건강도 챙기고
스포츠도 이해하는
한자 어휘

전염병에서는 기저질환이
위험하다는데…
정확히 무슨 의미지?

경구약을 쉽게 풀면 먹는 약

'약藥'은 '풀 초草'에 '즐거울 락樂'이 더해졌다. '즐거움을 만들어주는 풀'로 해석해 볼 수 있다. 국어사전은 병이나 상처를 치료하기 위해 먹거나 바르거나 주사하는 물질이라 설명한다. 과거에는 식물로 치료제를 만드는 경우가 많았기에 '풀'의 의미가 담겼을 것으로 추측된다.

약을 사용하는 방법에는 피부에 바르는 방법, 체내로 주사하는 방법, 입으로 먹는 방법이 있다. 바르는 약은 도포약 또는 도포제라 하는데, '도포'는 '칠할 도塗' '펼 포布'로 칠하고 펼친다는 뜻이다. '주사'는 '주입할 주注' '쏠 사射'로 약을 주입하기 위해서 쏜다는 뜻이다. 가장 많이 사용하는 방법은 입으로 먹는 방법인데 이를 '경구투약'이라 한다. '지날 경經' '입 구口'로 입을 지나도록 하여 몸에 투여한다는 뜻이다.

'경經'은 날실, 세로, 긴, 이치, 다스리다, 경서 등 다양한 의미로 쓰이는데 '경구'에서는 지난다는 뜻이다. 경험經驗, 경위經緯, 경과經過, 신경神經에서도 지난다는 뜻이다. 체내·외의 각종 변화를 중추에 전달하고, 또 중추로부터의 자극을 몸의 각 부분으로 전달하는 기관을 '신경'이라 하는데, '정신 신神' '지날 경經'으로 정신이 지나가는 길이라는 뜻으로 생각해 보았다.

"약 좋다고 남용 말고 약 모르고 오용 말자"라는 공익광고가 있었다. '남용'은 뭐고 '오용'은 무엇일까? '넘칠 남濫' '사용할 용用'의 남용이고, '잘못될 오誤' '사용할 용用'의 오용이다. 넘치게, 지나치게 많이 사용하는 것은 '남용'이고, 잘못 사용하는 것은 '오용'이다. 부작용이 없는 약은 없다고 한다. 약을 잘못 사용하지 않는 것이 중요한 것은 물론이고 좋은 약일지라도 지나치게 사용하지 말아야 한다. 작용만 생각하지 말고 부작용까지 생각하여야 하기 때문이다.

'부작용'은 뭘까? 작용하지 않는 것? '아닐 부不'가 아니라 '버금 부副'다. 버금가는 작용이 부작용이다. '버금'은 으뜸 바로 다음의 것을 말한다. 그러니까 '부작용'은 어떤 일에 부수적으로 일어나는 작용이다. 약이 지닌 그 본래의 작용 이외에 부수적으로 일어나는 나쁜 작용을 부작용이라 한다. '버금'에 해당하는 한자에 아류亞流, 아열대亞熱帶의 '아亞'도 있고, 준우승準優勝, 준결승準決勝의 '준準'도 있다.

문해력 UP

도포(塗칠할 도, 布펼 포): 약 따위를 겉에 바름.

경구(經지날 경, 口입 구): 약이나 세균 따위가 입을 통하여 몸 안으로 들어감.

남용(濫넘칠 남, 用사용할 용): 일정한 기준이나 한도를 넘어서 함부로 씀.

오용(誤잘못될 오, 用사용할 용): 잘못 사용함.

경추의 '경'과 자궁경부암의 '경'은 같은 뜻

사람의 뼈는 몇 개일까? 어린아이는 300개 정도고 성인은 206개가 표준이라 한다. 왜 성인의 뼈 수가 적을까? 몸이 커짐에 따라 뼈와 뼈 사이의 틈이 연결되어 몇 개의 뼈가 하나의 뼈로 바뀌기 때문이다. 뼈의 중요한 역할은 몸을 지지하는 일과 주요 부분을 보호하는 일이다. 단단한 뼈를 위해서는 칼슘이 풍부한 음식을 섭취해야 하고 꾸준하게 운동해야 한다.

의사가 되려면 의과대학에 입학해야 하고 의과대학에서 본격적으로 의학을 공부하려면 먼저 골학骨學을 공부해야 한다. '뼈 골骨'의 '골학'으로 뼈에 관한 공부다. 집이라는 구조물에서 주춧돌, 기둥, 보, 대들보가 중요한 것처럼 사람의 건강에도 뼈가 중요하다. 뼈에 관한 공부가 의학의 기초인 것이다.

척추동물의 목에서 꼬리까지 뻗은 유연성 있는 척추골의 연쇄를 척추, 또는 척주라 한다. 머리뼈 아래에서 엉덩이 부위까지 33개의 뼈가 이어져 척추를 이룬다. '척'은 '등뼈 척脊'이고 '추'는 '방망이 추椎'다. 등뼈를 이루는 방망이라는 뜻이다. '주'는 '기둥 주柱'로 등뼈를 이루는 기둥이라는 뜻이다.

'경추'는 '목 경頸' '방망이 추椎'로 목을 이루는 방망이처럼 생긴 뼈다. 7개로 이루어져 있으며 목뼈라고 한다. 허리뼈는 '허리 요腰'의 요추고, 가슴뼈는 '가슴 흉胸'의 흉추다. 엉치뼈는 천추薦椎, 꼬리뼈는 미추尾椎라 하는데 '올릴 천薦'이고 '꼬리 미尾'다.

자궁에 발생하는 암을 자궁경부암이라 하는데 '경부'가 무슨 뜻일까? 자궁은 크게 두 부분으로 나뉘는데, 자궁의 4분의 3을 차지하는 체부(몸 부분)와 질로 연결되는 경부(목 부분)이다. '목 경頸' '부분 부部'로 목 부분이라는 뜻이다. 자궁경부암은 자궁의 목 부분에 발생한 암이다. '자궁'은 무슨 뜻일까? '자식 자子' '집 궁宮'으로 자식이 사는 집이라는 뜻이다.

근육이나 골격 등 운동 기관의 기능 장애나 형태 이상의 예방, 치료, 교정을 연구하는 임상 의학을 '정형외과'라 하는데 '가지런할 정整' '모양 형形'이다. 신체의 모양을 가지런하게 만드는 외과外科라는 뜻이다.

문해력 UP

정형외과(整가지런할 정, 形모양 형, 外바깥 외, 科과목 과): 근육이나 뼈대 따위의 운동 기관의 기능 장애를 치료하는 의학 분야.

경추(頸목 경, 椎방망이 추): 척추뼈 가운데 가장 위쪽 목에 있는 7개의 뼈. 목뼈.

요추(腰허리 요, 椎방망이 추): 척추뼈 중 등뼈와 엉치뼈 사이 허리 부위에 있는 5개의 뼈.

흉추(胸가슴 흉, 椎방망이 추): 척추뼈 중 등 부위에 있는 12개의 뼈.

천추(薦올릴 천, 椎방망이 추): 척추뼈 가운데 허리뼈 아래쪽에 있는 5개의 뼈.

계주는 이어달리기,
계영은 이어헤엄치기

 체육대회의 마무리는 언제나 계주였다. 한 선수가 운동장 한 바퀴를 돈 다음 다른 친구에게 배턴을 넘겨주고 마지막 네 번째 주자가 결승선의 테이프를 끊는 것으로 체육대회는 정점을 찍고 마무리되었다. '계주'는 '이어달리기'다. '계繼'는 잇는다는 의미고 '주走'는 달린다는 의미다. '계'가 잇다라는 의미인 줄 안다면, 계속, 계승, 계모, 계부, 계영, 계투, 중계, 후계자, 승계, 인계 등의 뜻은 굳이 배우지 않아도 알 수 있게 된다.

'육상 경기'를 달리기 경기라고 생각하는 사람이 많은데, 그렇지 않다. '육상'은 '땅 육陸' '위 상上'으로 땅 위에서 하는 경

236

기라는 뜻이다. 달리기도 물론 육상 경기이지만 뜀뛰기도 있고 던지기도 있다. 달리기는 트랙에서 하기에 트랙 경기라 하고, 멀리뛰기나 높이뛰기 등의 뜀뛰기는 '뛸 도跳' '뛸 약躍'을 써서 도약 경기라 하며, 포환던지기나 창던지기 등의 던지기는 '던질 투投' '던질 척擲'을 써서 투척 경기라 한다. 달리기에 '경보'도 있는데 '겨룰 경競' '걸음 보步'로 걷는 일을 겨룬다는 뜻이다. 경보競步는 트랙에서도 하고 도로에서도 한다.

　육상 경기는 개인 종목인데 계주만 단체 종목이다. 수영 역시 개인 종목이 대다수지만 계영은 단체 종목이다. '계영'은 '이을 계繼' '헤엄칠 영泳'으로 이어서 헤엄친다는 뜻이다. '접영'은 '나비 접蝶'을 써서 나비의 날갯짓처럼 헤엄치는 것이다. 위를 향해 반듯하게 누워 양팔을 번갈아 돌려 물을 밀치면서 두 발로 물장구를 치는 수영법을 '배영'이라 하는데, 배를 보여서 배영이 아니라 '등 배背'를 쓴다. 등을 물에 대고 하는 수영이다. 운동선수는 자신이 입고 뛰는 유니폼의 등 뒤에 번호를 붙이는 경우가 많은데 이를 '배번'이라 한다. '등 배背' '번호 번番'으로 등에 붙인 번호라는 뜻이다. 백넘버back number라고도 하는 이유다.

'배背'를 '등 배'라 했는데 "등을 졌다"라는 표현에서처럼 배반한다는 의미로도 많이 쓰인다. 배후背後, 배경음악背景音樂, 배수진背水陣, 배서背書, 배산임수背山臨水 등에서는 '등'이라는 뜻이지만, 배신감背信感, 배반자背反者, 배임背任, 이율배반二律背反, 배교背敎, 배은망덕背恩忘德, 면종복배面從腹背에서는 '배반하다'는 뜻이다.

문해력 UP

계주(繼이을 계, 走달릴 주): 일정한 구간을 나누어 4명이 한 조가 되어 차례로 배턴을 주고받으면서 달리는 육상 경기.

계영(繼이을 계, 泳헤엄칠 영): 수영에서, 네 명이 한 조가 되어 동일한 거리를 왕복하면서 빠르기를 겨룸.

접영(蝶나비 접, 泳헤엄칠 영): 두 손을 동시에 앞으로 뻗쳐 물을 아래로 끌어 내리고 양다리를 모아 상하로 움직이며 발등으로 물을 치면서 나아가는 수영법.

배영(背등 배, 泳헤엄칠 영): 위를 향하여 반듯이 누워 양팔을 번갈아 회전하여 물을 밀치면서 두 발로 물장구를 치는 수영법.
/ 같은말: 등헤엄

고관절의 '고'가
'높을 고'가 아니라고?

나누어야 한다. 그럼에도 우리는 나눌 줄 모른다. 사랑을 나눌 줄 모르고, 정을 나눌 줄 모르며, 가진 것을 나눌 줄 모르는 것도 잘못이지만, 단어를 나눌 줄 모르는 것도 잘못이다. 나누면 보이고 나누면 뜻을 쉽게 알 수 있음에도 뭉뚱그려서 암기하려고만 한다.

우리말과 한자어뿐 아니라 영어도 합성어가 대부분이다. 패스트fast＋푸드food, 아이스ice＋커피coffee, 오픈open＋마인드mind, 풀full＋타임time, 선sun＋그라스glass, 선sun＋플라워flower, 에어air＋포트port, 레인rain＋보우bow, 카car＋풀full 등등이 그렇다.

실질적 의미를 지닌 두 개 이상의 단어가 합해져서 만들어진

새로운 단어를 합성어라 한다. 국어+책, 축구+공, 핸드+폰, 작은+형, 늦+가을, 화장+실, 칠+판, 감기+약, 냉장+고 등도 모두 합성어다. '국어'를 알고 '책'을 안다면 '국어책'이라는 말을 처음 접해도 뜻을 알 수 있게 된다.

뼈와 뼈가 서로 맞닿아 연결된 부분을 '관절'이라 하는데, '관계할 관關' '마디 절節'로 두 개 뼈를 관계 맺어 주는 마디라는 뜻이다. 고관절에서 '높을 고高'를 쓸 거라 생각하는 사람이 많은데 '넓적다리 고股'다. '고관절'은 골반과 넓적다리뼈를 잇는 관절인 것이다. 엉덩이 부분의 관절이라 해서 엉덩관절이라고도 한다. '고관절 탈구'를 이야기하고 '고관절 인대'를 이야기하는데, 탈구는 '벗어날 탈脫' '절구 구臼'로 절구가 벗어났다는 뜻이고, '잡아당길 인靭' '띠 대帶'의 인대는 잡아당기는 띠라는 뜻이다.

우리 몸이 자유롭게 움직일 수 있는 건 관절 덕분이다. 관절에는 뼈와 뼈가 직접 부딪치는 것을 방지하기 위해 뼈 사이에 물렁뼈가 있다. 이를 '부드러울 연軟' '뼈 골骨'을 써서 연골이라 한다. 연골은 정상적인 관절의 기능을 유지하는 데 가장 중요한 조직이다. 매끄러우면서도 질기며 동시에 탄력성을 지니고 있어 뼈와 뼈 사이에 마찰을 줄이고 충격을 흡수하여 관절이 움직일 때 잘 미끄러지도록 돕는다.

게으름을 이겨 내고 열심히 공부함을 일컫는 말에 자고현량刺股懸梁이 있다. '찌를 자刺' '넓적다리 고股' '매달 현懸' '들보 량樑'으로 졸음이 오면 송곳으로 넓적다리를 찌르고, 머리로 새끼를 묶어 들보에 매달아 졸음을 쫓았다는 데서 유래한 말이다. 의지는 높이 평가하지만 현명한 방법이라고 이야기할 수는 없을 것 같다.

문해력 UP

고관절(股넓적다리 고, 關관계할 관, 節마디 절): 볼기뼈의 절구와 넙다리뼈 머리 사이의 관절. / 비슷한말: 엉덩관절

고지혈증이 고지질혈증으로
바뀌었다고?

치과 치료의 가장 마지막 단계는 높낮이 조절이다. 윗니와 아랫니의 교합이 맞지 않으면 그 치아는 물론 다른 치아에도 영향을 주기에 높낮이를 정확하게 맞춰야만 한다. 낮아도 불편하지만 높으면 더더욱 불편하다. 너무 높아도 좋지 못하고 너무 낮아도 좋지 못한 것이 어찌 치아에서뿐이겠는가?

'고지혈증'의 '증症'은 '병의 증세'다. 고지혈도 병이라는 이야기다. 여기서 '지혈'은 뭘까? '멈출 지止' '피 혈血'을 써서 피가 멈춘다는 뜻은 아닐 것 같다. 그러면 뭘까? 건강의 적敵으로 알려진 '지방'의 '지脂'다. '혈'은 물론 '피 혈血'이다. 그러니까 '고지혈'은 높은 지방질이 섞여 있는 피다. 피에 지방질이 섞이

면 좋지 않은데, 거기에 '높을 고高'까지 붙었다. 피에 높은 지방
질이 섞여 있는 병의 증세라는 뜻이다. 그동안 '고지혈증'이라
했는데 확실한 의미 전달을 위해 현재는 '고지질혈증高脂質血症'
으로 불린다. 혈청 속에 지방질이 많아서 혈청이 뿌옇게 흐려지
는 증세다. 동맥경화증動脈硬化症을 촉진하는 요인이 된다고 알
려져 있다.

'동맥경화'는 무슨 의미일까? 동맥이 경화되었다는 이야기다.
우리 혈관에는 동맥과 정맥이 있는데, 동맥은 '움직일 동動'
'물길 맥脈'으로 심장에서 피를 신체 각 부분에 보내는 혈관
이다. 크게 움직여야 하기에 혈관의 벽이 두꺼우며 탄력성과 수
축성이 많다. 정맥은 '고요할 정靜' '물길 맥脈'으로 혈액이 고요
하게 흐르는 혈관이다. 혈액이 허파 및 신체의 말초 모세관으로
부터 심장으로 되돌아올 때 통하는 혈관이다.

'경화'는 '단단할 경硬' '될 화化'로 단단하게 된다는 뜻이다.
물건이나 신체 기관의 일부가 단단하게 굳어지는 것이 '경화'인
것이다. 둘 사이의 관계가 잘 소통되지 않고 막히고 뻣뻣해진다
는 뜻으로 쓰이기도 하고, 의견이나 태도 등이 강경하게 된다는
뜻으로 쓰이기도 한다.

'화化'가 명사 뒤에 붙어 쓰이는 경우가 많은데 '~이(가) 되다'라는 뜻이다. 'A화'는 A가 아니었던 것이 A로 바뀌었다는 뜻이다. 민주화民主化는 민주주의가 아니었는데 민주주의로 되었다는 뜻이고, 여성화女性化는 여성이 아닌데 여성처럼 되었다는 뜻이다. 제약이나 제한이 없어져 자유롭게 됨을 자유화自由化라 하는데 자유가 없었는데 자유가 주어졌다는 뜻이다.

문해력 UP

고지혈증(高높을 고, 脂지방 지, 血피 혈, 症증세 증): 혈청 속에 지방질이 많아서 혈청이 뿌옇게 흐려진 상태.
/ 같은말: 고지질혈증高脂質血症

동맥경화(動움직일 동, 脈물길 맥, 硬단단할 경, 化될 화): 동맥의 벽이 두꺼워지고 굳어져서 탄력을 잃는 질환.

골밀도는 뼈 안 무기질의 빽빽함 정도

한두 잔의 콜라는 괜찮다고 생각할 수도 있지만 한두 잔의 콜라도 매일 마시게 되면 뼈 건강에 해롭다고 한다. 콜라를 마시는 여성일수록 엉덩이 부위의 골밀도가 낮다는 연구 결과도 있다. '골밀도'는 '뼈 골骨' '빽빽할 밀密' '정도 도度'로 뼈의 밀도라는 뜻이다.

'골'이라는 음을 가진 한자는 '뼈 골骨'뿐일까? 익살스러움이나 풍자가 주는 아름다움을 이르는 '골계미滑稽美'라 할 때의 '익살스러울 골滑'도 있다. 일상생활에서 우리가 만날 수 있는 한자 '골'은 '골계미' 말고는 모두 '뼈 골骨'이라고 생각해도 괜찮다.

'밀密'은 빽빽하다와 숨긴다는 의미로 많이 쓰인다. 밀림, 친

밀, 밀착, 밀봉, 세밀, 밀접 등에서는 빽빽하다는 뜻이고, 비밀, 기밀, 밀실, 밀항, 밀정, 밀도살, 밀고자, 밀거래 등에서는 숨긴다는 의미다.

'도'는 '정도 도度'다. 빠르기의 정도인 속도速度, 따뜻함의 정도인 온도溫度, 강함의 정도인 강도强度, 진함의 정도인 농도濃度, 높이의 정도인 고도高度, 되풀이되는 정도인 빈도頻度, 습한 상태의 정도인 습도濕度, 어렵고 쉬운 정도인 난이도難易度 등에 쓰인다.

'골밀도骨密度'는 뼈 안 무기질(칼슘과 인)의 빽빽함 정도, 뼈의 단단함 정도다. 골밀도가 높을수록 단단한 뼈이며, 골밀도가 낮을수록 외부 충격을 받았을 때 골절의 위험도가 높아진다. 골밀도가 감소할수록 골절의 위험이 커지고 골다공증 유병률도 높아진다고 이해해야 한다.

골절은 '뼈 골骨' '꺾일 절折'로 뼈가 꺾이는(부러지는) 일이고, 골다공증은 '많을 다多' '구멍 공孔'으로 뼈에 구멍이 많아지는 병이다. 구멍이 많아지면 뼈의 강도가 약해지고 그렇게 되면 골절이 일어날 가능성이 커진다는 것은 두말할 필요가 없을 것 같다.

낮은 골밀도는 유전적 요인도 있지만, 스테로이드 약제 복용, 흡연, 알코올, 류머티즘성 관절염도 주요 원인이라고 한다. 골밀도를 유지하거나 높이기 위해서는 적절한 칼슘과 비타민을 먹어야 하고, 칼슘 배설을 증가시키는 짠 음식은 되도록 피해야 한다. 적절한 유산소 운동과 스트레칭, 짧은 일광욕은 골밀도를 높이는 데 좋다고 알려져 있다.

문해력 UP

골밀도(骨뼈 골, 密빽빽할 밀, 度정도 도): 뼈 안에 무기질 함량의 양이나 정도.

골다공증(骨뼈 골, 多많을 다, 孔구멍 공, 症증세 증): 뼈의 무기질과 단백질이 줄어들어 뼈조직이 엉성해지는 증상.
/ 비슷한말: 뼈엉성증

골절(骨뼈 골, 折꺾일 절): 뼈가 부러짐.

운동 부족과 과식이
기저질환의 원인이다?

"기저질환을 가지고 있던 할아버지께서 끝내 우리 곁을 떠나셨다." '기저'는 '기초 기基' '밑 저底'로, 기초를 이루며 밑에 깔린 것이라는 뜻이다. 기반이 되는 생각이나 기반이 되는 부분을 일컫는다. '질환'은 '병 질疾' '병 환患'으로 '질병疾病'의 또 다른 이름인데 몸의 온갖 병을 일컫는다. '기저질환基底疾患'은 글자 그대로는 기초를 이루며 밑에 깔린 질환이라는 뜻이지만, 고혈압, 당뇨병, 천식, 신부전, 결핵처럼 어떤 질병을 일으키는 원인이나 바탕이 되는 질환을 일컫는다.

기저질환자는 면역력이 취약해서 바이러스에 노출되면 감염이 쉽게 이루어진다. 그렇기에 전염병에서 고위험군으로 분류

되며, 기저질환을 보유하지 않은 사람보다 회복 속도가 늦고 완치가 어렵다. 고위험군은 '높을 고高' '위태할 위危' '험할 험險' '무리 군群'으로 특정 부분이나 분야에서 위험 요소가 높은 사람들의 부류나 집단이다.

기저질환은 '만성질환'이라고도 하는데, '더딜 만慢' '성질 성性'으로 더딘 성질의 병이라는 뜻이다. 갑작스러운 증상이 없이 서서히 발병하며 치료에도 오랜 시간이 필요한 질환이다. '지병'이라고도 하는데, '가질 지持' '병 병病'으로 오랫동안 지니고 있는 병이라는 뜻이다. 고질이라고도 하고 숙환이라고도 하는데, 고질은 '고질 고痼' '병 질疾'로 오랫동안 낫지 않아 고치기 어려운 병이라는 뜻이고, 숙환은 '묵을 숙宿' '병 환患'으로 오래 묵은 병이라는 뜻이다.

기저질환을 가진 사람은 감염병 등이 유행할 때 예방에 더욱 주의해야 한다. 음주, 흡연, 과로, 스트레스를 피하고, 마스크를 착용하며, 손 소독도 철저하게 해야 한다. 면역력이란 '면할(벗어날) 면免' '질병 역疫' '힘 력力'으로 질병에서 벗어나도록 만드는 힘이다. 외부에서 들어오는 병원균에 저항하는 힘, 몸 안에 병원균이나 독소 등이 공격할 때 이에 저항하는 능력이다.

기저질환 중 비만이 가장 위험하다고 지적하기도 한다. 비만이 고지혈, 고혈압, 간 기능 저하로 이어지기 때문에 무섭기도 하지만 더 큰 이유는 비만이 운동 부족으로 이어지기 때문이란다. 살이 찌면 운동이 힘들고 귀찮아지기 마련이다. 비만은 '살찔 비肥' '꽉찰 만滿'으로 살이 몸에 꽉 찼다는 뜻이다. 비료의 '비'도 '살찔 비肥'일까? 맞다. '살찔 비肥' '재료 료料'로 살찌게 만드는 재료라는 뜻이다.

문해력 UP

기저질환(基기초 기, 底밑 저, 疾병 질, 患병 환): 어떤 질병의 원인이나 밑바탕이 되는 질병.

만성질환(慢더딜 만, 性성질 성, 疾병 질, 患병 환): 증상이 그다지 심하지는 아니하면서 오래 끌고 잘 낫지 아니하는 병을 통틀어 이르는 말. / 비슷한말: 고질痼疾, 지병持病, 숙환宿患

뇌경색은 뇌가 굳어지는 병

우리 몸은 혈관을 통해 혈액이 몸 곳곳을 흐르며 산소와 영양분을 공급한다. 혈관의 일부에 지방, 콜레스테롤 등의 노폐물이나 혈전 등이 쌓이거나 작은 혈관을 막으면, 해당 혈관을 통해 산소와 영양분을 공급받지 못해 고혈압이나 당뇨병 같은 혈관 질환이 발생할 수 있고, 심장으로 가는 혈관이 막히면 협심증이나 심근경색, 뇌로 가는 혈관이 막히면 뇌경색을 일으킬 수 있다.

'뇌경색'은 '골 뇌腦' '굳을 경硬' '막힐 색塞'으로 뇌가 굳어져서 막힌다는 뜻이다. 뇌에 혈액을 보내는 동맥이 막혀서 뇌신경 세포가 기능하지 못하는 상태다. 뇌경색의 증상은 혈관이 막힌 혈관의 위치에 따라 반신불수, 언어 장애, 시야 장애, 어지럼증, 의식 소실 등으로 나타난다.

뇌경색에는 '막힐 색塞'을 쓰는데, 이는 '변방'이라는 뜻으로도 쓰인다. 변방이란 '가장자리 변邊' '지방 방方'으로 국경 지방이다. '塞'가 '변방'이라는 뜻으로 쓰일 때는 '색'이 아니라 '새'로 발음한다. '새옹지마'의 '새'일까? 맞다. 새옹지마란 인생의 길흉화복은 변화가 많아 예측하기 어려움을 의미하는 고사성어다. 왜 그러한 뜻으로 쓰이는 것일까?

새옹지마는 '변방 새塞' '늙은이 옹翁' '~의 지之' '말 마馬'로, 변방 늙은이의 말이라는 뜻이다. 국경 지방에 사는 노인에게 말이 있었는데, 그 말이 국경을 넘어 다른 나라로 가 버렸다. 국경을 넘어갔으니 찾아올 수 없었다. 사람들이 노인을 위로하자, 노인은 이것이 좋은 일이 될 수도 있지 않느냐면서 상심하지 않았다. 얼마 후 그 말이 다른 말을 데리고 왔다. 사람들이 축하하자, 노인은 이것이 나쁜 일이 될 수도 있다며 기쁜 내색을 하지 않았다. 얼마 후 아들이 그 말을 타다가 다리가 부러졌다. 그런데 몇 달 후 전쟁이 일어나 대다수 젊은이가 전쟁터에 나가 죽었다. 노인의 아들은 다리가 부러졌기에 전쟁에 나가지 않아 생명을 보존할 수 있었다. 이처럼 인간의 삶은 예측하기 어려우니 눈앞의 일에 너무 일희일비—喜—悲하지 말라는 의미로 쓰인다.

'경硬'은 굳디, 단단하다는 뜻이다. '될 화化'가 더해진 '경화'는 물건이나 신체 기관의 일부가 단단하게 굳어진다는 의미다. 간이 굳어지는 병을 간경화肝硬化, 동맥이 굳어지는 병을 동맥경화動脈硬化라 한다.

뇌출혈도 무서운 병이다. 뇌내출혈의 줄임말인데, '뇌 뇌腦' '안 내內' '날 출出' '피 혈血'로 뇌 안에서 피가 나왔다는 뜻이다. 고혈압이나 동맥경화로 인하여 뇌의 혈관이 터져 피가 흘러나온 상태를 말한다. 뇌 안에서 피가 흘러나오면 갑자기 의식을 잃고 쓰러지게 되고, 쓰러진 후에 코를 골며 자는 것 같다가 그대로 사망하기도 한다.

문해력 UP

뇌경색(腦골 뇌, 硬굳을 경, 塞막힐 색): 뇌에 혈액을 보내는 동맥이 막혀 혈액이 흐르지 못하거나 방해를 받아 그 앞쪽의 뇌 조직이 괴사壞死하는 병.

당뇨병의 원인은
고지방 식사, 스트레스, 음주

 젊을 때 당뇨병에 걸리면 합병증에 노출될 위험이 커진다고 한다. 당뇨합병증은 전신에 나타날 수 있으며, 실명失明하거나 발을 절단해야 하는 등 매우 치명적이라고도 한다. 합병증은 '합할 합合' '아우를 병併' '병세 증症'으로 기존의 병과 아우러져서 발생하는 병으로, 당뇨합병증은 당뇨병에 기인하여 이차적인 질환이 발병하는 증상이다.

당뇨병은 '포도당 당糖' '오줌 뇨尿' '병 병病'을 쓴다. 포도당이 오줌으로 배출되는 병이라는 뜻이다. 혈액 속에 포도당이 많아져서 오줌에 당糖이 지나치게 많이 섞여 나오는 현상이 오래 계속되는 병이다. 우리 몸에서 인슐린이라는 호르몬이 혈당을 조절하는 역할을 한다. 혈액 속 당분을 우리 몸 곳곳의 기관에 필요한 에너지로 쓰도록 촉진한다. 인슐린이 모자라게 분비되거나 제대로 일을 못 하면 혈당이 상승하게 되는데, 혈당이 높은 상태가 지속되는 병이 당뇨병이다. 당뇨병이 시작되면 소변량과 소변보는 횟수가 늘어나고, 목이 마르고 쉽게 피로해진다.

'혈당'은 '피 혈血' '포도당 당糖'으로 핏속에 포함된 포도당이다. 포도당은 뇌와 적혈구의 에너지원이 되고, 핵산, 젖당과 같은 주요 물질의 공급원 역할을 한다. '당'을 '포도당 당'이라 했는데, 설탕이나 당분이라는 의미로도 많이 쓰인다. 백당白糖, 흑당黑糖, 당도糖度, 과당果糖, 무가당無加糖이 그것이다.

쓴맛, 불쾌한 맛, 냄새를 피하고 약물의 변질을 막기 위하여 표면에 당분을 입힌 약을 '당의정'이라 하는데 '설탕 당糖' '옷 의衣' '덩어리 정錠'으로 설탕으로 옷 입힌 덩어리라는 뜻이다. 우리가 먹는 약 중에 당의정으로 된 것들이 많은데 한약韓藥에서는 쓴맛을 없애기 위해 단맛이 나는 풀인 감초甘草를 넣는다. 한약은 감초를 넣어 먹기 편하도록 하였고, 양약은 먹기 쉽도록 설탕으로 옷을 입힌 것이다.

'한약'의 '한'을 '한나라(중국) 한漢'으로 생각하는 사람이 있는데 그렇지 않다. '한국 한韓'이다. '양약'의 '양'은 물론 '서양 양洋'이고.

'오줌 뇨尿'라고 했다. 소변이 자주 마려움은 '자주 빈頻'의 빈뇨頻尿고, 오줌을 잘 나오게 하는 약은 '편리할 이利'의 이뇨제利尿劑며, 오줌에 피가 섞여 나오는 병은 '피 혈血'의 혈뇨血尿다. 신장, 방광, 요관, 요도 등의 비뇨 기관과 생식 기관의 질병과 장애를 진단하고 치료하는 의학의 한 분과를 비뇨기과라 하는데 '분비할 비泌' '오줌 뇨尿'다.

문해력 UP

당뇨병(糖포도당 당, 尿오줌 뇨, 病병 병): 소변에 당분이 많이 섞여 나오는 병.

합병증(合합할 합, 倂아우를 병, 症병세 증): 어떤 질병에 곁들여 일어나는 다른 질병.

혈당(血피 혈, 糖포도당 당): 혈액 속에 포함되어 있는 당.

맨손으로 하는 치료여서 도수치료

중국 여행 중에 자주 보는 장면 하나가 사람들이 삼삼오오 모여서 체조하는 모습이다. 해외에 나가서도 중국인들은 무리를 이루어 느린 동작으로 체조를 즐겨한다. 체조는 오장육부를 강화하고 피로와 스트레스를 해소하는 데 좋다고 알려져 있다.

우리에게는 국민건강체조가 있다. 도구나 기구 없이 맨손으로만 하는 체조라서 맨손체조라 한다. '도수체조'라고도 하는데 '도수'는 '맨손 도徒' '손 수手'로 맨손으로만 한다는 뜻이다. 그동안 방법도 많이 바뀌었지만 이름도 여러 차례 바뀌었는데 보건체조, 국민체조, 덩더꿍체조, 새천년건강체조, 국민건강체조 등이 그것이다.

도수치료를 하는 병원이 늘고 있는데 '도수치료'는 '맨손 도徒' '손 수手'로 맨손으로 하는 치료다. 근육이나 관절 등을 맨손으로 자극하고 교정하여, 통증을 줄이고 병증을 개선한다. 긴장된 근육을 늘리고 신경 주행로를 확보하며, 좁아진 관절은 서로 멀어지게 만들고 지나치게 벌어진 관절은 주위 근육을 활성화하여 잡아 준다. 우리 몸은 외부 자극에 대해 되돌아오는 성질이 있기에 꾸준히 받아야 효과가 나타난다고 한다.

일하지 아니하고 빈둥빈둥 놀고먹는 것을 '무위도식'이라 하는데 '없을 무無' '할 위爲' '맨손 도徒' '먹을 식食'으로 하는 일 없이 맨손으로(손만 가지고) 먹기만 한다는 뜻이다.

'도徒'는 '맨손'이라는 뜻 외에 '맨발'이라는 뜻으로도 쓰인다. 자전거나 자동차 등 탈것을 타지 않고 걸어가는 일을 도보徒步라 하는데 이때의 '도'는 '맨발 도徒'다.

그러나 '도徒'는 '무리'라는 의미로 더 많이 쓰인다. 신도信徒, 생도生徒, 학도學徒, 폭도暴徒, 이교도異敎徒, 광신도狂信徒, 공학도工學徒 등이 그것이다.

병이나 상처를 잘 다스려서 낫게 만드는 일을 '치료'라 하는데 '다스릴 치治' '병고칠 료療'로 잘 다스려서 병을 고친다는 뜻

이다. 약물을 써서 병이나 상처를 낫게 하는 방법은 약물 치료
고, 적당한 양의 방사선을 환부에 쬠으로써 치료하는 방법은 방
시능 치료다. 온도, 전기, 광선, 공기의 물리적 작용을 이용해서
하는 치료는 물리 치료, 인지 과정을 관찰하고 분석하여 병을
치료하는 방법은 인지 치료, 적당한 육체적 작업을 하도록 함으
로써 신체 운동 기능이나 정신 심리 기능의 개선을 꾀하는 치료
는 작업 치료다.

문해력 UP

도수치료(徒맨손 도, 手손 수, 治다스릴 치, 療병고칠 료):
　　근육이나 관절 등을 맨손으로 자극하고 교정하여, 통증을
　　줄이고 병증을 개선하는 치료.

부검도 있고 생검도 있고
검안도 있다

 인간의 적응력은 대단하다. 시체를 보고서 도망쳤던 친구가 장의사가 되어 능숙하게 염을 한다. 흐르는 피를 보고서 눈을 감고 뒤돌아섰던 아이가 의사가 되어 심장 수술도 거뜬하게 해낸다.

죽음의 원인을 밝히기 위해 시체를 해부解剖하여 검사檢查하는 일을 '부검'이라 하는데, '가를 부剖' '검사할 검檢'으로 몸을 갈라서 검사한다는 뜻이다. 병이 죽음에 어떤 영향을 미쳤는지를 알아내기 위해서 하기도 하고 사고의 원인과 정도를 밝히기 위해서도 하지만, 가장 많이 하는 부검은 범죄와 관련된 시신과, 죽은 원인을 알 수 없는 시신을 법적으로 부검하는 사법

부검司法剖檢이다. 검시제도檢屍制度를 실시하는 우리나라에서는 검사가 그 책임자이며 법원의 영장을 발부받아서 하고 있다.

해부하지 않고 하는 검사도 있는데 '생검'과 '검안'이 그것이다. '생검'은 '생명체 생生' '검사할 검檢'으로 생명체를 검사한다는 뜻이다. 질병의 진단이나 치료 경과의 검사를 위하여 내장 기관에서 체액을 뽑아내거나 조직을 잘라내어 여러 가지 방법으로 검사하는 일이다.

'검안'은 사고나 재난 등으로 갑자기 죽은 사람의 시체를 해부하지 않고 겉모습을 검사함으로 사망의 종류 등을 규명하는 검사 행위다. '검사할 검檢' '어루만질 안案'으로 검사하기 위하여 어루만진다는 뜻이다. '안案'을 '어루만질 안'이라 했지만 책상, 생각, 계획, 안건이라는 의미로 더 많이 쓰인다.

과거에는 죽은 후에 또 한 번 죽임당하는 '부관참시'라는 극형이 있었다. '가를 부剖' '널 관棺' '벨 참斬' '시신 시屍'로 널을 가르고 시신의 몸을 베었다는 뜻이다. 이미 사망한 사람이 사망 후에 큰 죄가 드러났을 때 내리던 형벌이다. 우리나라에서뿐 아니라 서양에서도 부관참시가 있었다고 한다.

어떤 자격을 얻는 데 필요한 지식이나 학력이나 기술을 갖추었는지 갖추지 못하였는지를 검사하기 위해 치르는 시험을 검정고시라 한다. '검사할 검檢' '인정할 정定'으로 검사하여 자격을 인정해 주기 위해 치르는 시험이라는 뜻이다.

문해력 UP

부검(剖가를 부, 檢검사할 검): 해부하여 검사함.

생검(生생명체 생, 檢검사할 검): '생체 검사'를 줄여 이르는 말.

검안(檢검사할 검, 案어루만질 안): 뒤에 남은 흔적이나 상황을 조사하고 따짐. 사체검안은 의사가 사체에 대해서 사망의 원인, 시간, 장소 따위를 의학적으로 확인하는 일.

비말 감염의 '비'는 '코 비'가 아니다?

비말 감염은 사람과 사람이 접근하여서 감염이 생기는 접촉 감염의 한 형태이기에 호흡기계 전염병의 가장 보편적인 감염 방식이라 할 수 있다. 기침하거나 대화 도중에 자잘한 비말에 섞인 병원균이 방출되어 그것이 공기와 함께 호흡기로 흡입됨으로써 감염된다. 결핵, 유행성감기, 백일해, 디프테리아, 폐렴 등이 비말 감염에 의해 전파된다고 알려져 있다.

'감염'은 '일어날 감感' '물들 염染'으로 질병에 물들임이 일어난다는 뜻이다. 병균이나 병이 사람이나 동식물의 몸 안에 침입하여 증식하거나 퍼지는 일을 말한다. 의미가 확대되어서 어

떤 사상에 영향을 받아 사상이나 행동이 그와 같이 된다는 뜻
으로도 쓰이고, 컴퓨터에 바이러스가 침투한다는 뜻으로도 쓰
인다.

'비말'은 '날 비飛' '거품 말沫'로 날아다니는 거품이라는 뜻
이다. 기침하거나 재채기할 때, 그리고 이야기할 때 튀거나 날
아올라 흩어지는 물거품들을 일컫는다. 그러니까 비말 감염은
기침하거나 재채기하거나 말할 때 나온 날아다니는 거품이 눈,
코, 입으로 들어가 감염되는 일이다.

감염되지 않기 위해서는 서로 가까이하지 않거나 비말 차단
용 마스크를 써야 한다. 비말 감염은 호흡기를 통한 전염병의
대표적인 전염 방식이다. '공기매개감염'이라고도 하고 '거품
포泡'를 써서 '포말감염'이라고도 한다.

일이나 사물이 형체를 알아볼 수 없이 망가지고 흩어지는 것
을 '풍비박산'이라 한다. '풍지박산'이라 하는 사람이 있는데 잘
못된 표현이다. '바람 풍風' '날 비飛' '우박 박雹' '흩어질 산散'으
로 바람에 날려 우박이 흩어진다는 뜻이기 때문이다. 야구나 골
프에서, 친 공이 날아간 거리를 '비거리'라 하는데 '날 비飛'로,
날아간 거리라는 뜻이다. 매우 놀라거나 혼이 나서 넋을 잃음을

'혼비백산'이라 한다. '넋 혼魂' '날 비飛' '넋 백魄' '흩을 산散'으로 넋이 날아가고 넋이 흩어졌다는 뜻이다.

"추계 비행 활동을 강화하고 있다." 이때 '초계'가 무슨 뜻일까? '망볼 초哨' '경계할 계戒'로 망보고 경계한다는 뜻이다. 적군의 공중 공격으로부터 특정한 대상물을 보호하기 위한 비행이다. 경계비행警戒飛行이라고도 한다.

문해력 UP

비말(飛날 비, 沫거품 말): 날아 흩어지거나 튀어 오르는 물방울.

풍비박산(風바람 풍, 飛날 비, 雹우박 박, 散흩어질 산):
　　사방으로 날아 흩어짐.

초계비행(哨망볼 초, 戒경계할 계, 飛날 비, 行다닐 행):
　　적의 공습으로부터 특정한 대상물을 보호하기 위한 비행.

빈뇨를 방치하면
요실금으로 악화될 수 있다

 화장실化粧室, 변소便所, 측간廁間으로만 알고 있다가 '해우소'라는 말을 알게 되었을 때가 기억난다. 새로운 단어를 알게 될 때의 기쁨을 새삼 느꼈더랬다.

'해결할 해解' '근심 우憂' '장소 소所', 근심을 해결해 주는 장소. 얼마나 아름다운 이름인가? 급해 죽겠는데 화장실을 찾지 못할 때의 고통, 그 뒤에 따라온 시원함. 배설의 욕구를 해소하면서도 인간다움을 잊어서는 안 되는 것이 인간 아니던가? 해우소라는 이름이 정말 멋지게 다가왔던 기억이다.

'빈뇨'는 '자주 빈頻' '오줌 뇨尿'로 자주 오줌을 눈다는 뜻이다. 빈뇨증은 배뇨량排尿量에는 거의 변화가 없으나, 배뇨 횟수가 많아지는 증세다. 여기서 '자주 빈頻'이라는 글자를 살피면 재미있다. '걸음 보步'에 '머리 혈頁'이 더해져 머리가 걷는다는 건데, 이 말이 어떻게 '자주'라는 뜻이 되었을까? 머리가 걷는다는 것은 머리를 끄덕이는 것이고, 머리 끄덕임은 빨리, 자주 할 수 있는 일이기 때문이다. '오줌 뇨尿'도 재미있는 글자다. '주검 시尸'에 '물 수水'가 더해졌다. 몸에서 나오는 물이 오줌이니까.

한의사 선생님이 맥을 짚어 보더니 '빈맥'이라 했다. 현진건의 소설 〈빈처〉를 읽은 후였고, 우리 사회 문제 중 하나가 빈부 격차라는 사실을 알게 되었던 때였다. '빈맥'의 '빈'이 '가난할 빈貧'일 것이라 생각하였다. 그래서 맥이 적게 뛰는 것을 '빈맥'이라 한다고 추측했는데, 뭔가 이상했다. 맥이 느리게 뛰는 것 같지는 않았다. 시계를 쳐다보면서 맥을 짚었다. 110이 조금 넘었다. 친구의 맥박을 재서 비교해 보았다. 친구보다 20회 정도 더 많았다. 심장 박동 수가 자주 뛰는데 왜 '빈맥'이라 할까? '자주 빈頻'이라는 글자가 있다는 사실을 알지 못함에서 비롯된 어리둥절함이었다.

어떤 일이 되풀이되는 정도나 횟수를 빈도頻度라 하고, 어떠한 일이 자주 일어남을 빈발頻發이라 하며, 어떤 일이나 현상이 일어나는 횟수가 매우 잦음을 빈번頻繁이라 한다. '자주 빈頻' '정도 도度'이고 '일어날 발發' '많을 번繁'이다. '가끔' '항상' '보통'처럼 현상이나 일이 반복되는 횟수를 나타내는 부사를 빈도부사頻度副詞라 한다.

문해력 UP

빈뇨(頻자주 빈, 尿오줌 뇨): 하루의 배뇨량에는 거의 변화가 없으나, 배뇨 횟수가 많아지는 증상.

빈맥(頻자주 빈, 脈혈맥 맥): '잦은 맥박'의 전 용어. 맥박이 자주 뛰는 일. 일반적으로 1분간의 심장 박동 수가 100회 이상인 것을 이른다.

빈도(頻자주 빈, 度정도 도): 같은 현상이나 일이 반복되는 횟수.

석패든 완패든 참패든,
패배는 패배다

 가위바위보에서 10번 연속 이긴 사람 있을까?
매 경기 이기기만 하는 팀이 있을까? 프로야구
선수 중 타율이 5할 넘는 선수 있던가? 이긴 사람 있으면 반드시 진
사람 있고, 진 사람도 언젠가 이기는 날이 오는 법이다. 물론 노력하
지 않고 최선을 다하지 않는다면 단 한 번의 성공도 불가능하겠지
만. '실패는 성공의 어머니'는 실패하다 보면 성공 가능성이 커
진다는 뜻이 아니라 실패를 통해 배워 가면 성공을 만나게 된다는
뜻이라고 해석해 본다.

'석패'는 '아까워할 석惜' '질 패敗'로 아깝게 졌다는 뜻이다. 경
기나 경쟁에서 약간의 차이로 아깝게 지는 일이다. 비슷한 말에

'분패'가 있는데, '분할 분憤'으로 이길 수 있었는데 분하게 졌다는 뜻이다. 참패慘敗도 있는데 '참혹할 참慘'으로 참혹할 만큼 일방적으로 패배하였거나 실패하였을 때 쓰는 표현이다.

'영패'는 '제로zero 영零'이니까 한 점의 득점도 하지 못한 상태로 패배한 것이고, 완패完敗는 완벽하게 패배한 것이며, 전패全敗는 모든 경기를 패배한 것이다. 바둑에서, 승부가 뚜렷하게 나타나 집 수를 셀 필요 없이 진 것을 불계패不計敗라 하는데 '계산할 계計'다. 계산할 필요도 없이 크게 졌다는 뜻이다. 실격패失格敗도 있다. '실수할 실失' '법칙 격格'으로 법칙에 실수해서 (규칙을 어겨서) 졌다는 뜻이다.

생활이나 의식이 정직하지 못하고 썩을 대로 썩음을 부정부패不正腐敗라 하는데 이때의 '패敗'는 졌다는 의미가 아니라 썩었다는 뜻이다. '썩을 부腐' '썩을 패敗'다. '敗北'를 뭐라 읽어야 할까? '패배'다. 싸움에서 졌다는 뜻이다. '北'은 '북녘'이라는 의미로 많이 쓰이지만 달아난다는 의미로도 쓰이는데 이때는 '북'이 아닌 '배'로 발음해야 한다. '相殺'는 어떻게 읽어야 할까? '상살' 아닌 '상쇄'로 읽어야 한다. 상반되는 것이 서로 영향을 주어 효과가 없어지는 것을 뜻하는데, 이때는 '죽일 살'이 아닌 '덜 쇄'다.

"한 번 실수는 병가지상사." 실패나 실수에 낙담하는 사람에게 건네는 위로의 말 중 하나다. '군사 병兵' '전문가 가家' '~의 지之' '항상 상常' '일 사事'로 군사 전문가에게도 항상 있는 일이라는 뜻이다. 한 번의 실수는 누구에게든 흔히 있는 일이니 상심하지 않아도 된다는 이야기임과 동시에 큰일을 하기 위해서는 한두 번의 작은 승패에 집착하지 말아야 한다는 뜻도 된다.

문해력 UP

석패(惜아까워할 석, 敗질 패)**:** 경기나 경쟁에서 약간의 점수 차이로 아깝게 짐. / 비슷한말: 분패憤敗

참패(慘참혹할 참, 敗질 패)**:** 싸움이나 경기 따위에서 참혹할 만큼 크게 패배하거나 실패함.

완패(完완전할 완, 敗질 패)**:** 완전하게 패함. / 반대말: 완승完勝

전패(全온전할 전, 敗질 패)**:** 전쟁이나 경기 따위에서 싸우는 족족 모두 짐. / 비슷한말: 완패完敗

물 때문에 발생하는 것이 수인성

"폭염에는 식중독 등 수인성 감염병이 일어나
기 쉽다."

"장티푸스, 이질 등 수인성 전염병에 노출될 위험이 커지고 있다."

장마철에 강물이 불어나거나 상수도 시설의 노후화로 수질 관리
가 어려워지거나 오염된 환경 등을 접할 경우 수인성 전염병이 발
병할 위험도 높아진다. 특히 해외여행을 갔을 때 상수도가 깨끗하지
않거나 비위생적인 환경에 노출되면서 배탈이 나는 경우도 잦다.

수인성이 뭘까? '물 수水' '원인 인因' '성질 성性'으로 물이 원
인이 되어 발생하는 성질이라는 뜻이다. 물이나 음식물에 들어
있는 세균에 의하여 전염되는 병이 '수인성 전염병'이다.

수인성 질병은 바이러스, 원생생물, 세균 등에 오염된 물에 의해 전달되는 감염성 질병이다. 오염된 물을 섭취하거나 접촉하였을 때 발병하며 피부, 눈, 위장 등에 염증을 일으킨다. 수인성 질병을 일으킨 미생물은 환자의 똥오줌을 통해 밖으로 배출되고 다시 물을 통해 사람들에게 감염된다. 과거에 흔했던 수인성 질병이 근래에 많이 줄어든 이유는 위생적인 수돗물 공급 때문이라고 한다. 수질이 공중위생에서 아주 중요한 요소인 것이다.

정신적 긴장이나 불안 때문에 일어나는 두통을 '심인성 두통'이라 하고, 정신적인 충격을 너무 강하게 받았을 때 그 체험을 전혀 기억해 내지 못하는 상태를 '심인성 건망'이라 한다. '마음 심心'의 '심인성'은 마음이 원인이 된다는 뜻으로 어떤 병이나 증세가 정신적·심리적 원인으로 생기는 특성을 말한다.

문해력 UP

수인성(水물 수, 因원인 인, 性성질 성): 어떤 병이나 증상 따위가 물을 통하여 옮겨지는 특성.

심인성(心마음 심, 因원인 인, 性성질 성): 어떤 병이나 증상 따위가 정신적·심리적 원인으로 생기는 성질.

역학조사의 '역'이
전염병이란 뜻이라고?

"이번 감염에 대한 역학조사에 나섰다."

"역학조사 결과가 나오는 대로 대책을 마련하겠습니다."

흔히 역학조사의 '역'은 '거스를 역逆'을 쓴다고 생각한다. 전염병이 어디에서 비롯되었는가를 알기 위해 거슬러 올라가는 조사라고 생각해서다. 그런데 아니었다. '전염병 역疫'이다. 그러고 보니 "역병이 쓸고 간 마을" "역병으로 자식을 모두 잃었다"는 표현이 떠오른다.

전염병의 발생 원인, 발생 지역, 집단의 특성을 밝히는 일을 '역학조사'라 하는데 '역학'은 '전염병 역疫' '학문 학學'으로 전염병에 관한 학문이라는 뜻이다. 전염병에 관한 학문적 연구를 토대로, 지역이나 집단에서 발생한 질병의 원인이나 변동 상태를 알아내기 위하여 자세히 살피거나 연구하는 일이 '역학조사'다. 〈처용가〉에 나오는 '역신'도 '전염병 역疫' '귀신 신神'으로 집집마다 찾아다니며 천연두를 앓게 만든다는 귀신이다.

전염병이 발생하거나 유행하는 것을 미리 막는 일을 '방역'이라 하는데, 이때의 '역'도 '질병 역疫'이다. '막을 방防' '질병 역疫'으로 질병을 미리 막는다는 뜻이다.

문해력 UP

역학조사(疫전염병 역, 學학문 학, 調고를 조, 査조사할 사): 전염병의 발생 원인과 역학적 특성을 밝히는 일.

방역(防막을 방, 疫전염병 역): 전염병이 발생하거나 유행하는 것을 미리 막는 일.

용상, 인상의 '상'은
올린다는 뜻

 올림픽을 상징하는 깃발로, 오대주를 상징한 원을 그린 깃발을 오륜기라고 한다. '다섯 오五' '바퀴 륜輪'으로 다섯 개의 바퀴처럼 그린 깃발이라는 뜻이다. 그리스 올림피아에서 채화된 성화를 올림픽 주경기장까지 옮기는 일을 성화 봉송이라 하는데, '성화'는 '성스러울 성聖' '불 화火'로 성스러운 불이라는 뜻이다. 신에게 제사 지낼 때 밝히는 신성한 불이기도 하고, 올림픽과 같은 체육대회에서 대회의 전통과 신성함을 나타내기 위해 경기장에 켜놓은 불이기도 하다. '봉송'은 '받들 봉奉' '보낼 송送'으로 받들어 보낸다는 뜻이다.

누가 더 무거운 무게의 바벨을 머리 위로 들어 올릴 수 있는지

겨루는 경기를 역도라 하는데 '힘 역力' '무도 도道'로 힘을 겨루는 무도라는 뜻이다. 역도는 용상과 인상 두 가지 경기로 나뉜다.

바벨을 두 손으로 잡아 한 동작으로 일단 가슴 위까지 올려서 한 번 받쳐 든 다음에 허리와 다리의 반동을 이용하여 다시 머리 위로 추어올리는 경기를 '용상'이라 한다. '솟을 용聳' '올릴 상上'을 쓴다. 솟구치는 것처럼 들어 올린다는 뜻이다.

바벨을 두 손으로 잡아 한 번의 동작으로 머리 위까지 들어 올린 다음에 일어서는 경기는 '인상'이다. '끌 인引' '올릴 상上'으로 끌어서 위로 올린다는 뜻이다. 한 번에 올려야 하는 인상은 두 번에 나누어 올리는 용상보다 적은 무게를 들 수밖에 없다.

문해력 UP

용상(聳솟을 용, 上올릴 상): 역도 경기 종목의 하나. 바벨을 두 손으로 잡아 한 동작으로 일단 가슴 위까지 올려서 한 번 받쳐 든 다음, 허리와 다리의 반동을 이용하여 다시 머리 위로 추어올린다.

인상(引끌 인, 上올릴 상): ① 물건값, 봉급, 요금 따위를 끌어 올림. ② 역도 경기 종목의 하나. 바벨을 두 손으로 잡아 한 번의 동작으로 머리 위까지 들어 올려 일어서는 종목이다.

항체, 항원, 항생제는 모두 '막을 항'

 고등학교 수학여행을 제주도로 가서 '항몽유적 지'를 방문했다. '항몽'이 지역 이름이라고 생각 했는데 해설자의 설명을 들으면서 몽골에 대항한다는 뜻임을 알게 되었다. 그 당시 강대국이었던 몽골에 맞서 끝까지 항쟁을 벌인 고 려 무인의 드높은 기상에 대해 생각할 수 있었다.

 건강에 신경 쓰다 보니 자주 만나는 글자가 있는데 '막을 항抗' 이 그것이다. 항생제, 항암제, 항염제, 항우울제, 항경련제, 항 균제 등의 '항'이 모두 '막을 항抗'이다. 국어사전에 따르면 '항 생제'는 미생물이나 세균 등의 발육과 번식을 억제하는 물질로 만든 약제다. '항체'는 항원의 침입을 받은 생체가 거기에 반응하여 만들어내는 단백질이고, '항원'은 몸 안에 침입하여 항체를 만드는 단백성 물질이다. '항암제'는 암을 치료하기 위한 화학 요법에 사용되는 약제다.

이를 한자를 이용하여 풀어 보면 좀 더 쉽다. '항생제'는 '막을 항抗' '미생물 생生' '약제 제劑'로 미생물(세균)을 막아내는 약이라는 뜻이다. '항체'는 '막을 항抗' '몸 체體'로 막아낼 준비가 되어 있는 몸이라는 뜻이다.

'항원'은 '막을 항抗' '근원 원原'으로 막아 낼 근원이 되는 것이라는 뜻이다. '항'을 '항체 항抗'으로 생각하여 항체를 만드는 근원이라고 이해해도 괜찮을 것 같다. 항체를 만드는 단백성 물질이니까. 무엇을 막아낼까? 몸 안에 침입한 미생물인 세균이다. 항암제는 '막을 항抗' '암 암癌' '약제 제劑'로 암세포를 막아내는 약이다. 암세포에 저항하여 싸우는 약이기에 항암제다.

국어사전의 설명은 완벽하고 자상하긴 하지만 쉽게 잊게된다. 한자의 뜻을 알아내어 한자 뜻 그대로 해석하면 쉽고 오래 기억할 수 있다. '막을 항抗'을 알면 항염제, 항경련제, 항우울제, 항진균제, 항균성, 저항력도 쉽게 알 수 있듯 말이다.

문해력 UP

항체(抗막을 항, 體몸 체): 항원의 자극에 의하여 생체 내에 만들어져 특이하게 항원과 결합하는 단백질.

항원(抗막을 항, 原근원 원): 생체 속에 침입하여 항체를 형성하게 하는 단백성 물질. 세균이나 독소 따위가 있다.

항생제(抗막을 항, 生미생물 생, 劑약 제): 미생물이 만들어내는 항생 물질로 된 약제. 다른 미생물이나 생물 세포를 선택적으로 억제하거나 죽인다.

병살타가 삼진보다 더 괴롭다?

야구는 왜 야구라 이름 붙였을까? '들 야野' '공 구球'로 들에서 하는 공놀이라는 뜻의 한자어다. '던질 투投' '칠 타打' '공 구球'를 써서 '투타구'라 하자니 음절이 길고, '투구'나 '타구'로 하자니 일부만 반영한 말이라서 '들 야野'를 쓰지 않았을까 싶다.

주자와 타자가 한꺼번에 아웃되도록 치는 것을 '병살타'라 하는데, '아우를 병倂' '죽일 살殺' '칠 타打'로 타자와 주자를 함께 죽게끔 친다는 뜻이다. '타자'는 '칠 타打'로 치는 사람이고, '주자'는 '달릴 주走'로 1루, 2루, 3루, 홈으로 뛸 수 있는 선수다. 아웃 카운트가 두 개 되도록 치는 것이 병살타인 것이다.

타자가 베이스에 나아갈 수 있도록 공을 치는 일을 '안타'라 하는데 '편안할 안安' '칠 타打'다. 타자가 베이스로 편안하게 갈 수 있도록 공을 친다는 뜻이다. 투수가 타자에게 안타를 허용하는 일을 '피안타'라 하는데 '당할 피被'로 안타를 당하였다는 뜻이다. 적시안타도 있다. '적절할 적適' '때 시時'로 적절할 때의 안타라는 뜻인데, 베이스에 주자가 나가 있을 때 주자를 홈으로 불러들여 점수를 올리게 만드는 안타다.

"삼진으로 잡았다" "삼진을 당하였다"라고 하는데 '석 삼三' '떨 진振'으로 세 번 떨었다는 뜻의 '삼진'은 타자가 타석에서 스트라이크를 세 번 당하여 아웃이 되는 경우다.

왜 병살타가 삼진보다 더 괴롭다고 할까? 삼진을 당하면 베이스로 출루조차 못한 상태지만, 일단 베이스로 진입하면 점수를 낼 가능성으로 기대감이 올라간다. 그런데 병상타를 맞으면 올라간 기대감이 뚝 떨어지니, 삼진보다 더 괴로울 수밖에 없다.

공을 던지는 선수이기에 '던질 투投'를 써서 투수라 한다. 오른손으로 던지는 투수이기에 '오른쪽 우右' '팔 완腕'의 우완투수고 왼손으로 던지는 투수이기에 '왼 좌左' '팔 완腕'의 좌완투수다.

투수가 던진 볼이 타자의 신체 일부에 맞아 1루로 가는 일이

'사구'일까? 스트라이크가 아닌 볼을 네 번 골라 1루로 가는 일이 '사구'일까? 둘 다 '사구'다. 투수가 던진 볼에 타자가 맞아서 1루에 가는 일은 '죽을 사死' '공 구球'의 '사구', 스트라이크가 아닌 볼을 네 번 골라 1루에 가는 일은 '넉 사四' '공 구球'의 '사구'다. 사구死球는 '데드볼dead ball', 사구四球는 '포볼four ball'이라 한다.

'홈런homerun'은 홈home으로 달릴run 수 있도록 친다는 뜻이다. 2루와 3루 사이를 지키는 내야수를 '유격수'라 한다. '떠돌 유遊' '싸울 격擊' '선수 수手'를 쓰는데, 정해진 자리 없이 떠돌면서(위치를 바꿔가면서) 싸우는 선수라는 뜻 아닐까?

문해력 UP

병살타(併아우를 병, 殺죽일 살, 打칠 타): 야구에서, 주자와 타자가 모두 아웃되는 타격.

사구(死죽을 사, 球공 구): 야구에서, 투수가 던진 공이 타자의 몸에 닿는 일. / 비슷한말: 데드볼dead ball

사구(四넉 사, 球공 구): 야구에서, 투수가 타자에게 스트라이크가 아닌 볼을 네 번 던지는 일. / 비슷한말: 볼넷, 포볼four ball

배구의 연티와
야구의 연티는 다른 뜻?

경기에는 항상 심판이 함께하는데 '살필 심審' '판가를 판쒸'으로 살펴서 판가름한다는 뜻이다.

여러 심판 중에 우두머리 심판이기에 '우두머리 주主' '심판 심審'의 주심이고, 버금가는 심판이기에 '버금 부副'의 부심이다. 부심을 선심이라고도 하는데 무슨 뜻일까? '줄 선線'이다. 부심의 주요 역할이 선線을 확인하여, in, out, offside를 판단하는 일이기 때문이다.

'축구'는 '찰 축蹴' '공 구球'이다. '찰 축'도 '공 구'도 뜯어보면 참 재미있는 글자다. '찰 축蹴'은 '발 족足'에 '나아갈 취就'가 더해져 발로 나아가도록 만든다는 뜻이다. '공 구球'는 '구슬

옥玉'에 '구할 구求'를 더했다. '玉'은 뜻을 나타내고, '求'는 음을 나타낸다. '玉'을 통해 구슬과 관계 있는 글자임을 추리해 보고, '求'를 통해 '구'로 받음하는 글자임을 추리해 보면 좋을 것 같다.

농구는 '바구니 농籠' '공 구球'다. 바구니에 공을 넣는 경기라는 뜻인데 'basket ball'을 한자로 옮겼다. 야구는 '들 야野'로 들에서 하는 경기다. 탁자에서 하는 경기이기에 '탁자 탁卓'의 '탁구'고, 발로 하는 경기이기에 '발 족足'의 '족구'이며, 공을 피하는 경기이기에 '피할 피避'의 '피구'다.

배구는 '무슨 배'일까? '밀칠 배排'다. 공을 밀쳐서 상대편 코트로 보내는 경기이기에 배구다. 배출排出, 배수구排水口, 배제排除, 배변排便, 배란排卵, 배기량排氣量, 배타적排他的, 배설排泄 등에서의 '배'도 모두 '밀칠 배排'다.

배구에서의 연타는 '부드러울 연軟' '때릴 타打'로 부드럽게 때린다는 뜻이다. 강하게 때린다는 '강타强打'와 달리 상대편 선수가 공을 받을 수 없는 공간에 부드럽게 때려 넣는 것이 '연타軟打'다. '페인트feint'라고도 하는데, 상대편을 속이기 위해 견제 동작을 취하거나 공격하는 시늉을 하기 때문이다. '부드러울 연軟'은 연체동물軟體動物, 유연성柔軟性, 연골軟骨, 연착륙軟着陸, 연고軟膏, 연금軟禁, 연화軟化, 연분홍軟粉紅 등에도 쓰인다.

야구에서 연타는 두 가지 의미로 쓰인다. 먼저는 배구에서처럼 부드럽게 치는 공이란 의미로, 투수가 던진 공을 가깝게 떨어지도록 타자가 배트를 가볍게 쳐내는 연타軟打가 있다. '번트 bunt'라고도 한다. 두 번째로는 '이을 연連' '때릴 타打'로 계속해서 쳤다는 뜻이다. 타자가 두 번 연속 홈런을 쳤을 때 "연타석 홈런"이라 하는 것이 그것이다.

문해력 UP

연타(軟부드러울 연, 打때릴 타): 야구에서, 투수가 던진 공이 가까운 거리에 떨어지도록 타자가 배트를 공에 가볍게 대듯이 맞추는 일. 배구에서, 약하게 치는 스파이크.

연타(連이을 연, 打때릴 타): 물건이나 사람 따위를 연속하여 때리거나 침.

'유식해' 소리까지
들을 수 있는 한자성어

'고장난명'에
협력하라는 뜻 말고
다른 뜻도 있다고?

만시지탄은
못난 사람의 변명이다

사고가 벌어진 뒤 뒤늦게 수습해도 후유증은 남는다. 조선 인조 때의 학자 홍만종은 자신의 책 《순오지旬五志》에서 사람이 죽은 후에 아무리 좋은 약을 써도 소용이 없다는 의미의 "사후약방문死後藥方文"이라는 표현을 썼다. '죽을 사死' '뒤 후後' '약 약藥' '처방 방方' '문서 문文'으로 죽은 뒤에 받은 처방문이라는 뜻이다. "소 잃고 외양간 고친다"는 속담과 일맥상통한다. '만시지탄'도 있는데, '늦을 만晩' '때 시時' '~의 지之' '탄식할 탄歎'으로 때가 늦었음에 대한 탄식이다. 어떤 일이 일어나기 전에 미리 예방하고 대책을 세우는 것이 현명하다는 교훈을 담은 표현들이다.

'만시지탄'과 다르게 생각할 수도 있다. 너무 늦은 때란 없다. 소를 잃었어도, 외양간은 고쳐야 할 일이다. 그래야 다시 소를 들이고 농사를 이어서 지을 수 있다. 잘못한 일을 돌이켜 잘못을 반복하지 않도록 대책을 세울 수 있다. 또한 어떤 일을 도전하는 데 있어서 너무 늦었다며 멈추기보다 할 수 있을 때 도전하겠다는 마음가짐을 갖는 것이 필요하다. 알맞은 때가 지나갔다면서 괴로워하는 것은 게으른 자의 변명이다.

　'풍수지탄'은 '만시지탄'과 다른 뜻이다. "수욕정이풍부지 樹欲靜而風不止 자욕양이친부대子欲養而親不待"에서 '풍風'과 '수樹'를 가져와 만든 말인데, 나무는 고요하고자(움직이지 않고자) 하나 바람이 그치지 않고, 자식은 봉양하고자 하나 어버이는 기다려 주지 않는다는 뜻이다. 나무가 흔들리는 것은 나무의 의지가 아니라 바람의 의지로 결정된다. 마찬가지로 부모님을 봉양하는 일도 자식이 아니라 부모님에게 달려 있다는 뜻이다. 부모님이 살아계셔야만 효도할 수 있다는 이야기인데, 부모님께서 언제 돌아가실지 모르니 효도를 미루지 말라는 의미로 이해하면 된다. '나무 수樹' '하고자할 욕浴' '고요할 정靜' '봉양할 양養' '어버이 친親' '기다릴 대待'다.

'지之'를 '갈 지'라 하는 사람이 많은데, '가다go'라는 뜻으로 쓰이는 경우는 드물다. 만시지탄晚時之歎, 인지상정人之常情, 새옹지마塞翁之馬에서처럼 '~의 지'로 가장 많이 쓰이고, 역지사지易地思之, 경이원지敬而遠之, 결자해지結者解之에서처럼 대명사로 많이 쓰인다. '어조사 지之'로 이름 붙였어야 옳다. 가끔은 주격 조사와 목적격 조사로 쓰이기도 한다.

늦어버린 때란 없다. '그때 그 일을 했더라면'이라고 후회되는 일이 있다면, 오늘 시작해도 늦지 않다. 백세 시대에 50세도 이제 인생의 절반을 지났을 뿐인데, 그 이전이라면 삶의 방향을 바꾸기에 너무나 많은 시간이 남은 것 아닐까. 해보고 싶었던 것들 중 당장 하나라도 도전하고 실천해 보면 어떨까.

문해력 UP

만시지탄(晚늦을 만, 時때 시, 之~의 지, 歎탄식할 탄):
시기에 늦어 기회를 놓쳤음을 안타까워하는 탄식.

풍수지탄(風바람 풍, 樹나무 수, 之~의 지, 歎탄식할 탄):
부모님을 모시고자 하나 이미 돌아가심을 한탄함.

고장난명에 담긴 두 가지 뜻

"고장난명이라고 했잖아. 나 혼자서 어떻게 그 일을 할 수 있겠니?"

"네가 잘못하지 않았는데 동생이 화를 낼까? 고장난명이라고 둘이 똑같으니까 싸우는 거야."

위의 두 문장에서, '고장난명'은 같은 의미일까? '고장난명'은 '홀로 고孤' '손바닥 장掌' '어려울 난難' '울릴 명鳴'으로 하나의 손바닥으로는 울리기(소리내기) 어렵다는 뜻이다. 혼자만의 힘으로는 일을 이루기가 어려우니 협동하는 것이 좋다는 말로 많이 쓰이지만, 맞서는 이가 없으면 싸움이 되지 않는다는 말로 쓰이기도 한다. 앞의 두 예문에서, 첫 번째 표현은 협동하라는 의미고, 두 번째 표현은 맞서 싸우지 말라는 의미다.

무슨 일이든 자기 마음대로 혼자 처리하는 사람을 '독불장군'이라 하는데 글자 그대로는 그런 의미가 아니다. '홀로 독獨' '아닐 불不'로 '혼자서는 장군이 될 수 없다'는 뜻이다. 혼자의 힘만으로 할 수 없으니 모든 일은 다른 사람과 함께 협조하고 타협해서 처리해야 함을 일컫는 말이다. 물론, 무슨 일이든지 제 생각대로 혼자 처리하는 사람이라는 뜻으로도 쓰이고, 따돌림을 받는 외로운 사람이라는 뜻으로도 쓰인다.

문해력 UP

고장난명(孤홀로 고, 掌손바닥 장, 難어려울 난, 鳴울릴 명):
　① 외손뼉만으로는 소리가 울리지 아니한다는 뜻으로, 혼자의 힘만으로 어떤 일을 이루기 어려움을 이르는 말.
　② 맞서는 사람이 없으면 싸움이 일어나지 아니함을 이르는 말.

독불장군(獨홀로 독, 不아닐 불, 將장수 장, 軍군대 군):
　① 무슨 일이든 자기 생각대로 혼자서 처리하는 사람.
　② 다른 사람에게 따돌림을 받는 외로운 사람.

과이불개는 잘못을
나무라는 말이 아니다

잘못한 일 자체에서 생기는 갈등은 많지 않다.
갈등의 상당수는 잘못함에서 생기는 것이 아

니라 변명하고 합리화하고 우기고 거짓말로 상황을 모면하려는 데

서 비롯된다. 갈등을 일으키지 않는 방법은 의외로 쉽고 간단하다.

잘못을 시인하고 용서를 구하는 것이다.

"내가 잘못 판단했구나. 용서해 주면 고맙겠다."

부모와 자식 관계에서도 마찬가지다.

"아빠가 잘못했다. 네 입장, 네 감정을 살피지 못했구나."

이러한 말들이 관계를 좋게 만드는 해법이 될 수 있다. 부모가 가

르쳐야 할 것에는 자기 잘못을 시인할 줄 아는 능력도 포함된다. '시

인'은 '옳을 시是' '인정할 인認'으로 옳다고 인정하는 일이다.

'과이불개'라는 말이 있다. '과이불개시위과의過而不改是謂過矣'를 줄인 말이다. '과이불개'는 잘못을 저지르고도 고치지 않는 것을 이른다. '과이불개시위과의'는 '과이불개'가 잘못이라는 이야기다. 잘못은 용서받을 수 있지만, 잘못을 저지르고도 고치지 않는 것은 용서받을 수 없다는 뜻으로 이해하면 될 것 같다. '잘못 과過' '고칠 개改' '이것 시是' '말할 위謂' '어조사 의矣'다.

'시是'가 '옳다'는 의미로도 쓰이고 '이것'이라는 의미로도 쓰이는 것일까? 그렇다. 옳으니 그르니 하는 말다툼인 시비是非, 잘못을 바로잡는 일인 시정是正, 옳고 그름을 가릴 줄 아는 마음인 시비지심是非之心에서는 '옳다'는 뜻이지만, '시위과의是謂過矣'나 '시일야방성대곡是日也放聲大哭'에서는 '이것'이라는 뜻이다. 중국어 문장에서 '시是'를 많이 만나는데 이때의 '시是'는 '~이다'라는 뜻이다. 영어의 'be 동사'라고 이해하면 된다. '我是學生'은 '나는 학생이다'라는 뜻이 되는 것이다.

'과이불개'와 상대되는 말이 '과즉물탄개'다. '허물 과過' '곧 즉則' '말 물勿' '꺼릴 탄憚' '고칠 개改'로 허물이 있을 때는 고치는 것을 꺼리지 말라는 뜻이다. 잘못을 저지르지 않는 사람도 현명한 사람이지만 잘못을 고쳐나가는 사람도 현명한 사람이다. 나이를

먹으면서 철이 들고 개과천선하는 경우가 적지 않다. '개과천선'
은 '고칠 개改' '허물 과過' '옮길 천遷' '착할 선善'으로, 허물을 고
쳐서 착함으로 옮긴다는 뜻이다.

문해력 UP

과이불개(過허물 과, 而이을 이, 不아닐 불, 改고칠 개):
　　잘못하고서 고치지 않는 것.

과즉물탄개(過허물 과, 則곧 즉, 勿말 물, 憚꺼릴 탄, 改고칠 개):
　　잘못했을 때 이를 즉시 고침.

구밀복검에서 '복'은 마음

당나라 현종 때의 재상인 이임보는 책략에 뛰어난 간신이었다. 이임보는 황제의 비위만 맞추면서 절개가 곧은 신하의 충언이 황제의 귀에 들어가지 못하게 신하들의 입을 봉해 버렸다. 직언을 생각하고 있는 선비라 할지라도 황제에게 접근할 엄두조차 낼 수 없었다. 이임보는 현명한 사람을 미워하고 능력 있는 사람을 질투하여 자기보다 나은 사람을 배척하는 음험한 사람이었다. 사람들은 그런 그를 보고 입에는 꿀이 있고 배에는 칼이 있다고 했다.

말을 달콤하게 하여 겉으로는 착한 척하지만, 마음속에는 무서운 칼날을 숨긴 채 해칠 계획을 하고 있음을 '구밀복검'이라 하는데, '입 구口' '꿀 밀蜜' '마음 복腹' '칼 검劍'이다.

'구밀복검'과 비슷한 뜻의 말에 '양두구육'이 있다. '양 양羊' '머리 두頭' '개 구狗' '고기 육肉'으로 가게 앞에 양의 머리를 걸어 놓고 실제로는 개고기를 판다는 뜻이다. 겉과 속이 다르다는 이야기이고, 겉으로는 훌륭한 것을 내세우지만 속은 보잘것없는 경우를 일컫는다.

　인간의 이중성을 일컫는 말에 '표리부동'도 있다. '겉 표表' '속 리裏' '아닐 부不' '같을 동同'으로 겉과 속이 같지 않다는 뜻이다. 마음이 음흉하여 겉과 속이 다름을 이야기할 때 쓰는 표현이다. '이면지裏面紙' '이면도로裏面道路' '뇌리腦裏'에서의 '이'도 '속 리裏'다.

　"중구난방으로 이야기를 지껄여댄다." "중구난방으로 떠들어 대니 회의를 진행할 수 없다." '중구난방'은 '무리 중衆' '입 구口' '어려울 난難' '막을 방防'으로 무리의 입, 대중의 입은 막기가 어렵다는 뜻이다. 그런데 많은 경우 이 말을 일일이 막아내기 어려울 정도로 여기저기에서 마구 지껄여 댄다는 뜻으로 사용하기도 한다.

　남을 '구밀복검'이라 욕하고 '양두구육'라 비난하며 '표리부동'이라 흉보는 사람 중에는 남의 눈에 있는 티끌은 보면서 자기 눈의 대들보는 보지 못한다는 비웃음을 살만한 사람이 많다.
나도 그중 한 사람인지 모른다.

문해력 UP

구밀복검(口입 구, 蜜꿀 밀, 腹마음 복, 劍칼 검):
  입에는 꿀이 있고 뱃속에는 칼이 있다는 뜻으로, 말로는 친한
  듯하나 속으로는 해칠 생각이 있음을 이르는 말.

양두구육(羊양 양, 頭머리 두, 狗개 구, 肉고기 육):
  양의 머리를 걸어 놓고 개고기를 판다는 뜻으로, 겉보기만
  그럴듯하게 보이고 속은 변변하지 아니함을 이르는 말.

중구난방(衆무리 중, 口입 구, 難어려울 난, 防막을 방):
  뭇사람의 말을 막기가 어렵다는 뜻으로, 막기 어려울 정도로
  여럿이 마구 지껄임을 이르는 말.

구우일모는 백만 분의 일

한나라의 이릉이라는 장수가 흉노 토벌에 나섰다가 크게 패하고, 흉노족에게 사로잡히게 된다. 이 소식이 전해지자 한무제는 이릉 일족을 참형에 처하도록 명하였다. 이때 사마천이 이릉을 옹호하고 나서자 한무제는 사마천을 못마땅히 여겨 사형을 명한다. 그 당시 사형을 면하려면 두 가지 방법뿐이었는데, 금전 50만 전을 내거나 궁형을 받는 것이다. 궁형은 생식기를 잘라내는 수치스러운 형벌이었다. 돈이 없던 사마천이 궁형을 받기로 하자, 지인들은 "절개를 위해 자결하는 게 어떤가"라고 권했다. 이에 사마천은 "내가 법에 따라 사형을 받는다 해도 그것은 한낱 아홉 마리의 소 중에서 털 하나 없어지는 것과 같을 뿐이다"라고 했다. 치욕을 견디며 삶을 선택한 이유는 집필 중이던 《사기》를 완성하기 위함이었다.

'구우일모九牛一毛'는 아홉 마리 소 가운데 한 개의 털이라는 뜻이다. 한 마리의 소에도 털이 셀 수 없이 많은데, 아홉 마리의 소에게는 털이 얼마나 많을까? 그중에 하나라니, 아주 많은 것 가운데 아주 적은 부분을 일컬을 때 쓰는 표현이다.

'구九'는 꼭 '9'가 아니라 '많은 수'를 이른다. 여러 차례 죽을 고비를 겪고 겨우 살아나는 일을 '구사일생九死一生'이라 하는데, 아홉 번이 아니라 여러 번 죽을 뻔하다 한 번, 겨우 살아났다는 뜻이다. 대단히 구불구불하고 험한 산길을 '구절양장'이라 하는데 '아홉 구九' '굽을 절折' '양 양羊' '창자 장腸'이지만, 아홉 번이 아니라 여러 번 굽은 양의 창자라는 뜻으로 이해해야 한다. 겹겹이 문으로 막은 깊은 궁궐을 '구중심처'라 하는데 '아홉 구九' '거듭 중重' '깊을 심深' '곳 처處'로 여러 겹으로 둘러싸인 깊은 곳이라는 뜻이다.

아주 작은 차이를 '간발의 차이'라 하는데 무슨 뜻일까? '사이 간間' '머리털 발髮'로 '머리카락 하나만큼의 사이(틈)'라는 뜻이다. 극히 작은 차이를 나타내는 표현이다. "종이 한 장 차이"라고도 한다.

"포기할 마음이 추호도 없다." "추호라도 자신감을 잃어서는 안 된다." '추호'는 '가을 추秋' '가는 털 호毫'로 가을의 가느다란 털이라는 뜻이다. 짐승 털은 아주 가는데 가을이 되면 더욱 가늘어지는 특성이 있다고 한다. '추호秋毫'는 가을 털처럼 가느다랗다는 뜻으로, 아주 조금을 표현하는 말로 쓰인다.

문해력 UP

구우일모(九아홉 구, 牛소 우, 一하나 일, 毛털 모):
아홉 마리의 소 가운데 박힌 하나의 털이란 뜻으로, 매우 많은 것 가운데 극히 적은 수를 이르는 말.

간발(間사이 간, 髮머리털 발): 아주 잠시 또는 아주 적음을 이르는 말.

추호(秋가을 추, 毫가는털 호): 가을철에 털갈이하여 새로 돋아난 짐승의 가는 털. 매우 적거나 조금인 것을 비유적으로 이르는 말.

권토중래의 '중'은
거듭한다는 뜻

 실패한 후에 좌절하고 주저앉는 사람이 있고,
실패를 겪고 나서 교훈을 얻어 스스로를 성장시키
는 기회로 삼는 사람도 있다. '권토중래'는 패하였지만 좌절하지 않
고 다시 도전하는 모습을 일컫는 말이다. 당나라 때 시인 두목이 항우
를 기리며 쓴 시에서 유래했다. "捲土重來未可知(권토중래미
가지): 흙먼지를 일으키며 다시 왔다면 결과는 알 수 없었으리"

유방이 이끄는 한나라 군에 밀려 마지막에 몰린 항우는 강동 지
방에 들어가 후일을 도모하라는 주위의 조언을 무시하고 유방의 포위
망에 뛰어들어 최후의 결전을 치르다가 목을 베어 자결한다. 영웅으
로 살아온 그로서는 작은 고을에 숨어들어가는 수치를 견딜 수 없었던
것이다.

어떤 일에 실패한 뒤 힘을 길러서 그 일을 다시 시작하는 것을 '권토중래'라 한다. '말 권捲' '흙 토土' '거듭 중重' '올 래來'로 흙을 말아 올리는 기세로 거듭(다시) 온다는 뜻이다. 한 번 실패하였지만 포기하지 않고 힘을 회복하여 거듭 도전할 때 쓰는 표현이다.

'권토중래'에서 '중重'은 거듭이라는 의미다. 중임重任, 이중二重, 중복重複, 중문重門, 중의성重意性, 사중주四重奏, 중건重建, 이중고二重苦, 중언부언重言復言에서는 거듭이라는 뜻이다. '중언부언'의 '부'는 '다시 부復'니까 거듭 말하고 다시 말한다는 뜻이다.

'중重'은 중요하다, 무겁다는 의미로도 많이 쓰인다. 중요重要, 중진重鎭, 중시重視, 중대重大, 귀중貴重, 중농주의重農主義, 존중尊重, 애지중지愛之重之에서의 '중'은 중요하다는 뜻이다. 애지중지에서 '지之'는 대명사로 '그것'이라는 뜻이기에, 애지중지는 그것을 사랑하고 그것을 중요하게 생각한다는 이야기다. 중량重量, 체중體重, 중공업重工業, 중장비重裝備, 중상重傷, 중환자重患者, 엄중嚴重에서의 '중'은 무겁다는 뜻이다.

'권토중래'와 비슷한 말로 '칠전팔기'가 있다. '넘어질 전顚' '일어날 기起'로 일곱 번 넘어지고 여덟 번 일어선다는 뜻이다.

여러 번 실패할지라도 절망하지 않고 꾸준히 노력하는 사람이나 정신에 대한 비유적 표현이다.

문해력 UP

권토중래(捲말 권, 土흙 토, 重거듭 중, 來올 래):
땅을 말아 일으킬 것 같은 기세로 다시 온다는 뜻으로, 한 번 실패하였으나 힘을 회복하여 다시 쳐들어옴을 이르는 말.

칠전팔기(七일곱 칠, 顚넘어질 전, 八여덟 팔, 起일어날 기):
일곱 번 넘어지고 여덟 번 일어난다는 뜻으로, 여러 번 실패하여도 굴하지 아니하고 꾸준히 노력함을 이르는 말.

기호지세는 뽐내고
자랑스러워하는 것이 아니다

중국 남북조 시대, 북주의 선제가 죽자 양견이 정사를 담당하게 되었다. 한족 출신인 그는 선제가 죽고 뒤를 이어 나이 어린 정제가 즉위하자 세력을 규합하여 모반을 꾀한다. 이때 양견의 부인이 그에게 보낸 편지에는 이렇게 쓰여 있었다.

"맹수를 타고 달리는 형세이므로 도중에 내릴 수는 없습니다. 만일 내린다면 맹수의 밥이 될 터이니 끝까지 달릴 수밖에 없을 것입니다. 부디 뜻을 이루시옵소서."

결국 양견은 부인의 격려에 고무되어 황제 측 세력을 물리치고 모반에 성공한다. 이후 양견은 수나라를 건국한다.

'기호지세'는 '탈 기騎' '호랑이 호虎' '~의 지之' '형세 세勢'
로 '호랑이를 탄 형세'라는 뜻이다. 용맹스러움의 상징인 호랑
이의 등에 올라탔으니 기세등등하고 남부럽지 않은 상황이라는
뜻으로 이해할 수 있는데, 그렇게 해석하면 안 된다. 호랑이에
올라탄 형세라는 뜻은 맞지만 엉겁결에 사나운 짐승인 호랑이
등에 타게 되었고, 불안하고 두려워서 내리고 싶었지만, 내리자
니 호랑이에 잡아먹힐 수 있고 그대로 타고 있자니 깊은 산속으
로 계속 들어가게 된 상황이라고 해석해야 하기 때문이다.

몹시 곤란한 상황을 만났지만 이미 시작한 일을 중도에서 그
만둘 수 없는 난감한 형세를 일컫는 말로 많이 쓰인다. 진퇴유
곡進退維谷, 진퇴양난進退兩難, 낙장불입落張不入도 비슷한 말이다.

'낙장불입'은 '떨어질 낙落' '단위 장張' '아닐 불不' '들 입入'으
로 한 번 떨어뜨린 패는 다시 들일 수 없다는 뜻이다. 카드 게임
을 할 때 일단 판에 내어놓은 패는 물리기 위하여 다시 집어 들
이지 못한다. 이처럼 물릴 수도 없고 집어들 수도 없는 난감한
상황을 이른다.

문해력 UP

기호지세(騎탈 기, 虎호랑이 호, 之~의 지, 勢형세 세):
   호랑이를 타고 달리는 형세라는 뜻으로, 이미 시작한 일을
   중도에서 그만둘 수 없는 경우를 비유적으로 이르는 말.

낙장불입(落떨어질 낙, 張단위 장, 不아닐 불, 入들 입):
   화투 · 투전 · 트럼프 따위를 할 때에, 판에 한번 내어놓은 패는
   물리기 위하여 다시 집어 들이지 못함.

낭중지추와 배낭에는
모두 주머니가 들어간다

 조나라 재상인 평원군은 평소 선비를 후하게 대
해 수천 명의 식객이 있었다. 어느 날 진나라
가 조나라를 공격하자 조나라는 평원군을 초나라에 보내 도움을 청
하도록 하였다. 평원군은 식객 중 20명을 선발하여 데리고 가려는
데 마지막 한 명을 뽑지 못해 고심했다. 이때 모수라는 이가 스스로
를 추천하며 나섰다. 평원군은 "현명한 선비는 주머니 속에 있는 송
곳과 같아서 그 끝이 금세 드러나 보이는 법이오"라며 모수를 거절하
였다. 그러나 모수는 "저는 오늘에야 당신의 주머니 속에 넣어달라
고 부탁드리는 것입니다. 저를 좀 더 일찍 주머니 속에 있게 했더라
면 그 끝만이 아니라 송곳 자루까지 밖으로 나왔을 것입니다"라고 하
였다. 결국 모수는 함께 초나라로 가서 교섭에 큰 활약을 하였다.

실력이나 재능이 뛰어난 사람은 숨어 있어도 저절로 남의 눈에 띄게 됨을 '낭중지추'라고 하는데 '주머니 낭囊' '가운데 중中' '~의 지之' '송곳 추錐'로 주머니 가운데의 송곳이라는 뜻이다. 송곳은 뾰족하기에 주머니에 넣어두면 조금만 움직여도 밖으로 나오게 된다. 실력이나 재능은 굳이 보여주려 애쓰지 않아도 저절로 드러난다는 이야기다. 도박에서는 '운칠기삼運七技三'일 수 있지만, 대부분의 세상일에서는 실력이 성공의 99%를 좌우한다.

'낭중취물'은 다른 뜻이다. '취할 취取' '물건 물物'로 자신의 주머니 속에 있는 물건을 취한다는 뜻이기 때문이다. 아주 쉬운 일을 비유적으로 이르는 말이다. "누워서 떡 먹기", "땅 짚고 헤엄치기", "손 안 대고 코 풀기", "식은 죽 먹기"라는 관용어와 같은 뜻이다.

같은 뜻의 말로 '찾을 탐探'을 쓴 탐낭취물이 있다. 이와 관련된 이야기는 《삼국지연의》에 나온다. 조조와 원소가 전쟁을 일으켰을 때, 원소의 기세가 커져 조조를 크게 위협하게 되었다. 이때 조조는 자신의 밑에 와 있던 관우에게 원소군을 상대하라고 지시한다. 이에 관우는 홀로 원소의 군대를 향해 돌진했고, 적장의 목을 베어온다. 조조가 관우를 크게 칭찬하자, 이때 관우가 이렇게 답한다. "제 동생 장비는 백만 대군 속 장수의 목 베기를 마치 '탐낭취물'하듯 합니다." 장비는 주머니 속 물건 꺼 내듯 적장을 벨 수 있다고 말한 것이다.

'배낭'도 한자어다. 물건을 담아서 등에 질 수 있도록 헝겊이 나 가죽으로 만든 주머니를 '배낭'이라 하는데 '등 배背' '주머니 낭囊'으로 등에 짊어지는 주머니라는 뜻이다. 솜이나 깃털을 넣 어 자루 모양으로 만든 이불을 '침낭'이라 하는데 '잠잘 침寢'으 로 잠자는 데 사용하는 주머니라는 뜻이다.

문해력 UP

낭중지추(囊주머니 낭, 中가운데 중, 之~의 지, 錐송곳 추):
주머니 속의 송곳이라는 뜻으로, 재능이 뛰어난 사람은 숨어 있어도 저절로 사람들에게 알려짐을 이르는 말.

낭중취물(囊주머니 낭, 中가운데 중, 取취할 취, 物물건 물):
주머니 속에서 물건을 꺼내듯이 아주 손쉽게 얻을 수 있음을 이르는 말.

마부작침이 실화라고?

시선詩仙이라 불린 당나라 시인 이백李白의 어릴 적 이야기다. 훌륭한 스승이 머무르는 산을 찾아가 스승 밑에서 공부하게 되었는데 공부가 싫어졌다. 이백이 그 자리에서 도망쳐 산을 내려오다가 냇가에 이르렀는데, 그곳에서 도끼를 열심히 갈고 있는 노파를 만난다.

"할머니, 뭐 하고 계세요?"

"바늘을 만들려고 도끼를 갈고 있지(磨斧作針)."

"그렇게 큰 도끼를 간다고 바늘이 될까요?"

"그럼, 되고 말고. 중도에 그만두지만 않는다면."

'중도에 그만두지만 않는다면'이라는 노파의 말에 마음이 움직인 이백은 생각을 바꿔 다시 산으로 올라가 공부에 매진했다.

'마부작침'은 '갈 마磨' '도끼 부斧' '만들 작作' '바늘 침針'으로 도끼를 갈아서 바늘을 만든다는 뜻이다. 꾸준히 노력하면 이룰 수 있다는 뜻이고, 천천히 가더라도 멈추지만 않으면 목적지에 도달할 수 있다는 이야기다. 어리석은 노인이 산을 옮긴다는 뜻으로, 어떤 일이든 꾸준하게 열심히 하면 반드시 이룰 수 있음을 이르는 말인 우공이산愚公移山과 비슷한 말이다. '마부작침' 앞에 '초심불망'을 쓰기도 하는데 '처음 초初' '마음 심心' '아닐 불不' '잊을 망忘'으로 처음에 품었던 마음(다짐)을 잊지 않는다는 뜻이다.

작은 노력일지라도 끈기있게 하다 보면 큰일을 이룰 수 있다는 또 다른 말에 수적천석水滴穿石도 있다. '물 수水' '물방울 적滴' '뚫을 천穿' '돌 석石'으로 물방울이 돌을 뚫는다는 뜻이다. '절차탁마'도 비슷한 의미의 말이다. '끊을 절切' '갈 차磋' '쪼을 탁琢' '갈 마磨'로 끊고 갈고, 쪼고 가는 일을 끊임없이 반복한다는 말이다. 옥이나 뿔 등을 갈고 닦아서 빛을 낸다는 뜻으로 쓰이기도 하지만, 학문이나 도덕, 기예 등을 열심히 배우고 익혀 수련함을 비유적으로 이르는 말로 더 많이 쓰인다. 《채근담菜根譚》에도 "밧줄로 톱질하여도 나무를 자를 수 있고, 물방울도 오래 떨어지면 돌을 뚫는다"라는 말이 나온다.

앞에 언급된 이야기들의 공통점은 배움으로 뜻을 이룬 것이 아니라 익힘으로 뜻을 이루었다는 것이다. 배움보다 익힘을 중요하게 생각하여야 하고, 실력은 배워서 쌓는 것이 아니라 익혀서 쌓는다는 사실을 알아야 한다. 포기하지 않고 꾸준히 하면 언젠가 반드시 목표를 이룰 수 있다는 교훈으로 이해하면 좋을 듯하다.

문해력 UP

마부작침(磨갈 마, 斧도끼 부, 作만들 작, 針바늘 침): 도끼를 갈아서 바늘을 만든다는 뜻으로, 아무리 어려운 일이라도 끊임없이 노력하면 반드시 이룰 수 있음을 이르는 말. / 비슷한말: 우공이산愚公移山

수적천석(水물 수, 滴물방울 적, 穿뚫을 천, 石돌 석): 물방울이 바위를 뚫는다는 뜻으로, 작은 노력이라도 끈기 있게 계속하면 큰 일을 이룰 수 있음을 이르는 말. / 비슷한말: 절차탁마切磋琢磨

면종복배하는 사람은
가면 쓴 사람

당나라 정치가 위징은 성품이 강직하여 간언을
잘하여 태종의 특별한 신임을 받았다. 태종이
가까운 신하들을 불러모아 연회를 즐기던 자리에서 말했다.

"위징이 조정을 위하여 헌신하기 때문에 내가 그를 중용하여 정
사를 살피고 있는데 때로는 그의 건의를 다 받아들이지 못할 때가 있
어 미안하다. 그런데 위징은 두 번 청하는 일이 없으니 왜 그런가?"

위징은 답했다. "제가 간언을 했는데도 폐하께서 받아들이지
않으신 것을 제가 다시 말씀드리게 되면 '부화뇌동' 하기 쉽습니다."

이에 태종이 말했다. "그대는 어찌 그리 융통성이 없는가? 잠시
따르는 척했다가 후에 기회를 보아 다시 간하면 안될 게 무언가?"

위징이 정색을 하며 답했다. "옛날 왕께서는 일을 의논할 때

세상에 겉과 속이 같은 멋진 사람도 많지만 면종복배하는 사람도 적지 않다. '면종복배'는 '얼굴 면面' '복종할 종從' '마음 복腹' '배반할 배背'로 얼굴을 마주 대한 상황에서는 복종하는 척하지만 마음으로는 배반한다는 뜻이다. 복종하는 것처럼 행동하지만 실제로는 배반하는 일이다. 가면을 쓴 사람으로 이해해도 된다. '거짓 가假' '얼굴 면面'의 가면이니까.

'면面'이 여기에서는 '낯(얼굴)'이라는 뜻으로 쓰였지만, 측면側面, 전면全面, 장면場面에서는 부분이나 모습이라는 뜻이고, 화면畫面, 면적面積, 해수면海水面에서는 겉(표면)이라는 뜻이다. 정면正面, 후면後面에서는 쪽(방향)이라는 의미고, 구면舊面, 면회面會, 직면直面에서는 만난다는 의미이며, 면사무소面事務所, 면장面長에서는 시市나 군郡에 속한 행정구역을 이른다.

"출필고반필면出必告反必面"이라는 말이 있다. 나갈 때는 부모님께 반드시 가는 곳을 알리고 돌아오면 반드시 얼굴을 뵙고 잘

다녀왔음을 확인시켜 부모님께 근심을 드리지 말아야 한다는 뜻이다. "물심양면으로 도움을 주셔서 감사합니다." '물심양면'은 물질적인 것과 정신적인 것의 두 면이라는 뜻이다. '일면식一面識'은 한 번 얼굴을 보아서 알고 있는 정도라는 뜻으로, 한 번 만나 인사를 나눈 정도로 조금 아는 관계를 일컫는다. '철면피鐵面皮'는 쇠로 만든 낯가죽이라는 뜻으로 염치가 없고 뻔뻔스러운 사람을 낮잡아 이르는 말이다.

잘못된 남의 말이나 행동이 도리어 자신의 인격을 수양하는 데 도움을 주는 경우를 '반면교사反面教師'라 하는데, 반대의 모습을 통해 교사로 삼을 수 있다는 뜻이다. 다음과 같이 전한 공자의 이야기와 통하는 말이라 할 수 있다.

"세 사람이 길을 가게 되면 그중에 반드시 나의 스승이 있는 법이다. 자신보다 나은 사람의 좋은 점을 택하여 그것을 따르고, 자신보다 못한 사람의 좋지 않은 점을 택하여 자기의 잘못을 고칠 수 있어야 한다."

문해력 UP

면종복배(面얼굴 면, 從복종할 종, 腹마음 복, 背배반할 배):
  겉으로는 복종하는 체하면서 내심으로는 배반함.

반면교사(反반대 반, 面얼굴 면, 敎가르칠 교, 師스승 사):
  사람이나 사물 따위의 부정적인 면에서 얻는 깨달음이나
  가르침을 주는 대상을 이르는 말.

운동경기에서는 성동격서가
박수받을 일

한나라의 한신이라는 장수가 동쪽에서 소리를
내어 동쪽을 쳐들어가는 척하면서 실제로는 서
쪽에서 적을 공격하는 교란작전을 펼쳐서 승리하였다. 이를 '성동
격서'라고 한다. 상황이 변함에 따라 작전을 수정하는 것이 아니
라 원래부터 그렇게 작전을 세웠을 때 쓰는 표현이다.

'성동격서聲東擊西'는 '소리 성聲' '칠 격擊'으로, 소리는 동쪽
에서 내고 공격은 서쪽에서 한다는 뜻이다.

말하는 소리를 언성言聲이라 하고, 여럿이 함께 지르는 고함을
'소리칠 함喊'을 써서 함성喊聲이라 하며, 기뻐서 큰 소리로 외치
는 소리를 '기쁠 환歡' '부를 호呼'를 써서 환호성歡呼聲이라 한다.

여러 사람의 말이 한결같음을 '이구동성異口同聲'이라 하는데, '다를 이異' '같을 동同'으로 입은 다르나 목소리는 같다는 뜻이다.

'성聲'은 소리친다는 뜻이다. 잘못에 대해서 신랄하게 비판하여 말함을 성토聲討라 한다. '성聲'은 명예라는 뜻으로도 쓰인다. 평판이 높아 세상에 널리 알려진 이름을 명성名聲이라 한다.

운동 경기에서 '성동격서'는 좋은 전략으로 통한다. 축구선수나 농구선수가 경기 중에 오른쪽으로 움직이는 척하다가 왼쪽으로 움직이고, 패스하는 척하다가 슛하고, 슛하는 척하다가 패스하는 것처럼 말이다. 이를 '페인트feint'라고도 한다. 상대편을 속이기 위해 견제 동작을 취하거나 공격하는 시늉을 일컫는 말이다.

문해력 UP

성동격서(聲소리 성, 東동녘 동, 擊칠 격, 西서녘 서):
　　동쪽에서 소리를 내고 서쪽에서 적을 친다는 뜻으로, 적을
　　유인하여 이쪽을 공격하는 체하다가 그 반대쪽을 치는 전술을
　　이르는 말.

수주대토하는 마음이 없어야
성공한다

 한 농부가 나무 그늘에서 쉬고 있는데 토끼 한 마리가 달려와 나무 그루터기에 부딪혀 죽었다. 얼결에 토끼를 얻은 농부는 이후에 일은 하지 않고 그루터기를 지키면서 다른 토끼가 그루터기에 부딪혀 죽기만을 기다렸다. 결국 그는 사람들의 웃음거리가 되고 만다. 이를 두고 '수주대토'라 하는데, 땀 흘려 목표를 이루려 하지 않고 요행만을 기대하는 것을 비유하는 말로도 쓰이고, 고지식하고 융통성 없이 한 가지 일에만 얽매여 발전을 모르는 어리석음을 이르는 말로도 쓰인다.

'수주대토守株待兎'는 '지킬 수守' '그루터기 주株' '기다릴 대待' '토끼 토兎'로 그루터기를 지키면서 토끼를 기다린다는 뜻이다.

행운은 어쩌다 한번 찾아온다. 서너 번 연속으로 찾아오는 경우는 거의 없다. 행운이 한두 번 찾아왔다면 더 이상 찾아오지 않는다고 생각함이 현명하다. 어쩌다 찾아온 행운을 보고 앞으로도 계속 행운이 찾아올 것이라 착각하다 인생을 망친 사람이 바로 '수주대토'의 주인공이다.

자신의 의견이나 생각, 또는 옛날 습관을 굳게 지키는 일을 '고수' 또는 '묵수'라 하는데, '단단할 고固' '지킬 수守'의 '고수'는 단단히 지킨다는 뜻이다. '묵수'는 '묵자 묵墨' '지킬 수守'로 묵자라는 사람이 성城을 잘 지켜 초楚나라의 공격을 아홉 번이나 물리쳤다는 데서 유래한 말이다.

문해력 UP

수주대토(守지킬 수, 株그루터기 주, 待기다릴 대, 兔토끼 토):
한 가지 일에만 얽매여 발전을 모르는 어리석은 사람을
비유적으로 이르는 말.

고수(固단단할 고, 守지킬 수): 차지한 물건이나 형세 따위를 굳게 지킴.
/ 비슷한말: 묵수墨守

오월동주에 담긴 두 가지 의미

 춘추전국시대에 오吳나라와 월越나라는 원수
지간으로 항상 으르렁거렸다. 그런데 오나라 사
람과 월나라 사람이 같은 배를 타고 건너가다가 도중에 바람을 만
난다. 두 사람은 비록 원수지간이었지만 서로 힘을 합하여 강을 건너
가게 되었다. 이를 '오월동주'라 하는데, 《손자병법》에 나오는 말
로, 원수를 외나무다리에서 마주치게 되는 난감한 상황을 이를 때
도 쓰인다.

'오월동주'는 '나라이름 오吳' '나라이름 월越' '같을 동同'
'배 주舟'로 오나라 사람과 월나라 사람이 같은 배에 타고 있다
는 뜻이다. 불편한 자리지만 가야만 하는 때가 있고, 함께하기

싫은 사람과 함께해야 하는 때도 있다. 심지어 도망치고 싶지만 도망칠 수 없는 막다른 골목에서 하기 싫은 일을 함께하거나, 원수임에도 도와주이야 히는 난감한 상황을 만나기도 하다.

오나라와 월나라의 적대관계에서 만들어진 고사성어에 '와신상담'도 있다. '누울 와臥' '땔나무 신薪' '맛볼 상嘗' '쓸개 담膽'으로, 가시가 있는 땔나무 위에서 잠을 자고 쓰디쓴 쓸개를 맛보면서 복수를 다짐한다는 뜻이다. 원수를 갚거나 실패를 성공으로 바꾸기 위해서 어려움과 괴로움을 참고 견딘다는 말로 쓰인다. 오나라의 왕 부차에게 패배한 월나라 왕 구천이 복수를 위해 오랜 시간 고통을 참아내며 전쟁을 준비한 데서 유래한 고사성어다.

'동문'과 '동창'은 어떻게 다를까? '동문'은 '같을 동同' '문 문門'으로 같은 문을 드나들며 공부했던 사람들이다. '동창'은 '같을 동同' '창문 창窓'으로 같은 창문 안에서 공부했던 사람들이다. 문은 선후배가 함께 드나들고, 창문은 동기생들만 여닫는다. 선후배가 함께 모이는 모임은 동문회同門會이고, 동기생만 모이는 모임은 동창회同窓會라 하는 이유다. '동기同期'는 '같을 동同' '기간 기期'로 같은 기간이라는 뜻이기에, 동창생을 동기동창同期同窓이라고도 한다.

문해력 UP

오월동주(吳나라이름 오, 越나라이름 월, 同같을 동, 舟배 주):
서로 적의를 품은 사람들이 한자리에 있게 된 경우나 서로
협력하여야 하는 상황을 비유적으로 이르는 말.

동문(同같을 동, 門문 문): 같은 학교에서 수학하였거나 같은 스승에게서
배운 사람.

동창(同같을 동, 窓창문 창): 같은 학교에서 함께 공부한 사람. 같은
학교를 같은 해에 나온 사람.

지도자라면 읍참마속
할 수 있어야 한다

위나라 조예는 제갈량이 공격해 오자 사마의를 보내 방비토록 하였다. 사마의의 명성과 능력을 익히 알고 있던 제갈량이 누구를 보내 막을 것인지 고민할 때 제갈량의 친구인 마량의 아우 마속이 자원했다. 마속 또한 뛰어난 장수였으나 사마의에 비해 부족하다고 여긴 제갈량은 주저하였다. 그러자 마속은 실패하면 자신의 목숨을 내놓겠다며 거듭 자원했다. 결국 제갈량은 신중하게 처신할 것을 권유하며 전략을 내린다. 그러나 마속은 제갈량의 명령을 어기고 다른 전략을 세웠다가 대패하고 말았다. 결국 제갈량은 눈물을 머금으며 마속의 목을 벨 수밖에 없었다.

'읍참마속'은 '울 읍泣' '목벨 참斬'으로 울면서 마속馬謖의 목을 베었다는 뜻이다. 아무리 아끼는 사람일지라도 규칙을 어겼다면 엄정하게 처리해야 함을 일컬을 때 사용하는 고사성어다.

상대방을 설득하는 유형에 울면서 간절히 하소연하는 '읍소형'이 있다. '울 읍泣' '하소연할 소訴'로 울면서 하소연한다는 뜻이다.

'일벌백계一罰百戒'도 '읍참마속'과 비슷한 말이다. '형벌 벌罰' '경계할 계戒'로 한 사람을 벌함으로써 백 사람에게 경계하도록 한다는 뜻이기 때문이다. 특정 사건이나 행동에 대해 신속하고 엄격하게 처벌함으로써 다른 사람에게 경각심을 주는 행위다. '경각심'은 '깨우칠 경警' '깨달을 각覺'으로 깨우쳐서 깨달은 마음, 주의 깊게 살피어 경계하는 마음이다.

문해력 UP

읍참마속(泣울 읍, 斬목벨 참, 馬말 마, 謖일어날 속): 큰 목적을 위하여 자기가 아끼는 사람을 버림을 이르는 말.
/ 비슷한말: 일벌백계一罰百戒

읍소(泣울 읍, 訴하소연할 소): 눈물을 흘리며 간절히 하소연함.

말이 많으면 정문일침은 불가능

어떤 전직 대통령의 무기는 침묵이었다고 한다. 정적政敵을 청와대로 불러 술을 따라주고서는 한 시간 이상 침묵하면 그 정적은 대통령의 뜻에 따르겠다면서 물러섰다는 것이다. 사실인지 아닌지는 확인해 보아야 하겠지만 침묵이 무기가 되는 경우는 의외로 많다. 말 많은 노인은 무섭지 않지만, 말없이 지켜보다가 정곡을 찌르는 말씀을 한마디 한 후 먼 산 바라보는 노인에게는 고개가 숙여진다고 하지 않던가?

　상대방의 급소를 찌르는 따끔하고 매서운 충고나 교훈을 '정문일침'이라 한다. '정수리 정頂' '문 문門' '하나 일一' '찌를 침針'으로 정수리의 문(급소, 정신으로 들어가는 입구)에 하나의 침을 찌

른다는 뜻이다. 정신에 침을 놓는다는 뜻으로 이해해도 좋을 듯
하다.

'정문일침'과 비슷한 말에 '촌철살인'이 있다. '작을 촌寸' '쇠
철鐵' '죽일 살殺' '사람 인人'으로 작은 쇠붙이로도 사람을 죽일
수 있다는 뜻이다. 짧은 경구로도 사람을 크게 감동하게 할 수
있음을 이르는 말인 것이다. "촌철살인의 화법" "촌철살인의 풍
자" 등으로 쓰인다.

문해력 UP

정문일침(頂정수리 정, 門문 문, 一하나 일, 鍼찌를 침):
　　정수리에 침을 놓는다는 뜻으로, 따끔한 충고나 교훈을 이르는 말.
　　/ 비슷한말: 촌철살인寸鐵殺人

촌철살인(寸작을 촌, 鐵쇠 철, 殺죽일 살, 人사람 인):
　　한 치의 쇠붙이로도 사람을 죽일 수 있다는 뜻으로, 간단한
　　말로도 남을 감동하게 하거나 남의 약점을 찌를 수 있음을
　　이르는 말.

좌고우면하는 결정장애

조조의 셋째아들로 뛰어난 학식을 가진 조식이 위나라 관료 오질에게 편지를 보냈다. 오질 역시 재주와 학문이 뛰어났는데 그가 받은 편지에는 다음과 같은 내용이 있다.

"左顧右眄 謂若無人 豈非吾子壯志哉: 왼쪽을 돌아보고 오른쪽을 살펴보아도 사람이 없는 것과 같다고 할 것이니, 어찌 그대의 장한 뜻이 아니겠습니까."

여기서 비롯된 말인 '좌고우면'은 원래 좌우를 바라보며 상대의 재능과 학식을 칭찬하는 자신만만한 모습을 표현한 것이었는데, 나중에 앞뒤를 재고 망설이며 결단을 내리지 못하는 태도를 나타내는 말로 사용하게 되었다.

'좌고우면'은 '왼쪽 좌左' '돌아볼 고顧' '오른쪽 우右' '곁눈질할 면眄'으로 왼쪽을 돌아보고 오른쪽을 곁눈질하면서 결정을 내리지 못한다는 뜻이다. 이리저리 둘러보며 망설이기만 할 뿐 결정짓지 못할 때 쓰는 표현이다.

올바른 방향을 잡거나 차분한 행동을 취하지 못하고 이리저리 왔다 갔다 하는 모양을 '우왕좌왕右往左往'이라 하는데 '갈 왕往'으로, 오른쪽으로 갔다 왼쪽으로 갔다 하면서 방황한다는 뜻이다.

"장고長考 뒤에 악수惡手"라는 말이 있다. '장고'는 '긴 장長' '생각할 고考'로 길게 생각한다는 뜻이고, '악수'는 '잘못될 악惡'으로 바둑이나 장기에서 잘못 둔 수를 말한다. 오래 생각했는데 오히려 나쁜 결과를 냈을 때 쓰는 표현이다.

문해력 UP

좌고우면(左왼쪽 좌, 顧돌아볼 고, 右오른쪽 우, 眄곁눈질할 면):
이쪽저쪽을 돌아본다는 뜻으로, 앞뒤를 재고 망설임을 이르는 말.

우왕좌왕(左왼쪽 좌, 往갈 왕, 右오른쪽 우, 往갈 왕):
이리저리 왔다 갔다 하며 일이나 나아가는 방향을 종잡지 못함.

토사구팽이 새로운 출발점이
될 수도 있다

중국 춘추시대 월나라 왕 구천에게는 범려와 문종이라는 두 명의 뛰어난 신하가 있었다. 두 사람이 전쟁에서 큰 공을 세우자 구천은 그들에게 높은 직책을 내렸다. 하지만 범려는 구천이 좋은 왕이라고 생각하지 않아 제나라로 도망쳐 숨었다. 범려는 월나라에 남은 문종을 걱정하며 편지를 썼다. "새 사냥이 끝나면 좋은 활은 어두운 곳에 처박히고, 교활한 토끼를 다 잡고 나면 사냥개는 삶아 먹힌다.(兔死狗烹)"

이는 '전쟁에서 승리했으니, 구천에게는 뛰어난 부하가 필요 없다. 어서 피신하라'는 뜻이었다. 하지만 문종은 월나라를 떠나기를 주저하다가 마침내 구천으로부터 '왕의 자리를 빼앗으려 한다'는 의심을 받아 결국 자결하고 말았다.

'토사구팽'은 목적을 위해 이용하다가 너는 필요 없다고 판단되면 미련 없이 내팽개쳐버리는 냉혹함을 비유적으로 표현한 말이다. '토끼 토兔' '죽을 사死' '개 구狗' '삶을 팽烹'으로 토끼가 죽으면(토끼를 잡으면) 토끼를 잡아 준 개를 삶아 먹는다(죽인다)는 뜻이다. 필요하면 이용하였다가 가치가 다하면 버리는 인간 사회의 어두운 면을 드러낼 때 쓰는 표현이다.

비슷한 말에 '감탄고토'와 '득어망전'이 있다. '감탄고토'는 '달 감甘' '삼킬 탄呑' '쓸 고苦' '토할 토吐'로 달면 삼키고 쓰면 토한다는 뜻이다. 일이 잘될 때는 함께하다가 어려워지면 도망가는 이기적인 태도를 비판할 때 쓴다.

'득어망전'은 '얻을 득得' '물고기 어魚' '잊을 망忘' '통발 전筌'으로 물고기를 잡은 후에는 통발의 고마움을 잊어버린다는 뜻이다. 목적을 달성한 후에는 그 과정이나 수단을 잊어버리는 배은망덕背恩忘德을 일컫는다.

문해력 UP

토사구팽(兎토끼 토, 死죽을 사, 狗개 구, 烹삶을 팽):
 토끼가 죽으면 토끼를 잡던 사냥개도 필요 없게 되어 주인에게
 삶아 먹히게 된다는 뜻으로, 필요할 때는 쓰고 필요 없을 때는
 야박하게 버리는 경우를 이르는 말.

감탄고토(甘달 감, 呑삼킬 탄, 苦쓸 고, 吐토할 토):
 달면 삼키고 쓰면 뱉는다는 뜻으로, 옳고 그름에 관계 없이 자기
 비위에 맞으면 좋아하고 그렇지 않으면 싫어함.
 / 비슷한말: 득어망전得魚忘筌

화이부동도 연습해야 한다

 어떤 사람이 멋진 사람일까를 생각하다가 '화이부동'을 생각해 냈다. '화합할 화和' '말 이을 이而' '아닐 부不' '같을 동同'으로 남과 화합하기는 하지만 같게 하지는 않는다는 뜻이다. 양보하면서, 또 관계를 깨뜨리지 않으면서도 중심과 원칙은 잃지 않는 사람을 이른다.

"군자화이부동君子和而不同 소인동이불화小人同而不和"에서 나온 말인데, 군자는 화합하지만 부화뇌동하지는 않고, 소인은 부화뇌동하면서 조화롭게 어울리지는 못한다는 이야기다.

'화이부동'에서 '화和'는 남과 잘 조화하는 것이고, '동同'은 맹목적으로 남을 따라 하는 것이다. 군자는 다름을 인정하면서

334

화합하는 사람이고, 소인은 남을 따라가면서도 화합하지 못하는 사람이다.

'부화뇌동'이 무엇일까? '붙을 부附' '화합할 화和' '천둥 뇌雷' '같을 동同'으로 붙어서 화합하는 척 알랑거리고 천둥소리에 맞춰 같은 소리를 낸다는 뜻이다. 아무런 주관主觀 없이 남의 의견을 맹목적으로 좇아 함께 어울릴 때 쓰는 표현이다.

문해력 UP

화이부동(和화합할 화, 而말이을 이, 不아닐 불, 同같을 동):
  남과 사이좋게 지내기는 하나 무턱대고 어울리지는 아니함.

부화뇌동(附붙을 부, 和화합할 화, 雷천둥 뇌, 同같을 동):
  줏대 없이 남의 의견에 따라 움직임.

한자에 약한 요즘 어른을 위한
최소한의 한자 어휘

1판 1쇄 2024년 12월 10일 발행

지은이 · 권승호
펴낸이 · 김정주
펴낸곳 · ㈜대성 Korea.com
본부장 · 김은경
기획편집 · 이향숙, 김현경
디자인 · 문 용
영업마케팅 · 조남웅
경영지원 · 공유정, 임유진

등록 · 제300-2003-82호
주소 · 서울시 용산구 후암로 57길 57 (동자동) ㈜대성
대표전화 · (02) 6959-3140 ㅣ **팩스** · (02) 6959-3144
홈페이지 · www.daesungbook.com ㅣ **전자우편** · daesungbooks@korea.com

ⓒ 권승호, 2024
ISBN 979-11-90488-55-6 (03800)
이 책의 가격은 뒤표지에 있습니다.